Le manteau

Nicolas Gogol

Le manteau
suivi de
Le nez

Traduits du russe par Anne Coldefy-Faucard

Texte intégral

© E.J.L., 2005, pour la traduction française

Le manteau

Au ministère de... mais mieux vaut en taire le nom. Il n'est rien de plus soupe au lait que ces ministères, régiments, administrations de toutes sortes, et, pour tout dire, que la gent fonctionnaire. De nos jours, le moindre quidam pense qu'à travers sa personne, c'est la société qu'on offense. On rapporte que, dernièrement, requête fut déposée par un capitaine de la police – j'ai oublié de quelle ville – dans laquelle il énonçait clairement que les préceptes de l'État périclitaient et que son nom sacré était décidément évoqué en vain. Et de joindre pour preuve un très énorme volume de quelque écrit romantique où, toutes les dix pages, apparaissait un capitaine de la police, çà et là, qui plus est, en état complet d'ébriété. Aussi, aux fins d'éviter toute espèce de désagréments, désignerons-nous le ministère dont il est question par *un ministère*. Donc, dans *un ministère* servait *un fonctionnaire* dont on ne saurait dire qu'il fût très remarquable : de petite taille, vaguement grêlé, vaguement rouquin et avec de faux airs de taupe, le front un peu dégarni, des rides sur les deux joues et un de ces teints que l'on qualifie d'hémorroïdaux... Qu'y faire ? La faute en revient au climat de Saint-Pétersbourg. Pour ce qui est de son grade (car, chez nous, il faut avant tout décliner son grade), il était ce que l'on appelle « conseiller titulaire perpétuel »[1], de ceux dont, on le sait, se sont gaussés divers écrivains et qu'ils ont moqués tout leur saoul, ayant la louable habitude de s'attaquer à qui ne peut mordre. Le nom de famille du fonctionnaire était Bachmatchkine. On voit qu'il tire son origine de « *bachmak* », le soulier ; mais quand, à quel moment et de quelle façon cela s'était-il produit, l'on serait bien en peine de le dire : le père, le grand-père et jusqu'au beau-frère, bref, tous les Bachmatchkine avaient toujours porté des bottes qu'ils ne faisaient ressemeler que deux ou trois fois l'an. Il avait pour prénom et patronyme Akaki Akakievitch. Cela pourra sembler au lecteur quelque peu étrange et recherché, mais l'on peut assurer qu'on ne le chercha nullement et que les circonstances s'agencèrent de telle sorte qu'il fut impossible de l'appeler autrement. Voici comment les choses se passèrent : Akaki Akakievitch naquit, si ma mémoire est bonne, à la tombée de la nuit, la veille du 23 mars. Sa défunte mère, épouse de fonctionnaire et fort brave femme, s'apprêta, comme il est d'usage, à baptiser l'enfant. La maman était encore dans son lit, face à la porte, à main droite se tenaient le parrain, Ivan Ivanovitch Erochkine, un très excellent homme, chef de bureau au Sénat, et la marraine, Arina Semionovna Bielobriouchkova[2], épouse d'un officier de police de quartier, une femme aux rares vertus. On proposa à l'accouchée de choisir entre ces trois prénoms : Muce, Sosie ou Hosdazat, en mémoire du saint martyr. « Non, songea la défunte, ces noms sont par trop... » Pour lui complaire, on ouvrit le calendrier à un autre endroit. Il en sortit à nouveau trois noms : Triphylle, Dulas et Barachise. « En voilà un châtiment ! marmonna la pauvre vieille. Il n'y en a pas un pour rattraper l'autre ! Vrai, je n'ai jamais entendu ça ! Passe encore pour Baradate ou

---

1. L'un des grades les plus bas de la « Table des rangs » en vigueur dans l'armée et l'administration russes depuis le début du XVIIIᵉ siècle *(NdT)*.
2. Littéralement : madame Blanchepanse *(NdT)*.

Baruch, mais Triphylle et Barachise !... » On tourna encore la page pour tomber sur Pausicace et Bactisoès. « Bon, dit la brave vieille, je vois bien que tel est son lot ! Puisqu'il en est ainsi, autant qu'il porte le nom de son père. Le père s'appelait Akaki, le fils s'appellera de même. » Et voilà comment apparut Akaki Akakievitch. On baptisa l'enfant qui, pour l'occasion, pleura et fit une telle grimace qu'on eût pu croire qu'il pressentait son avenir de conseiller titulaire. Les choses se passèrent donc de la sorte. Nous l'avons rapporté à seule fin que le lecteur voie par lui-même qu'il devait en être ainsi et qu'il était absolument et définitivement impossible de lui donner un autre nom. Quand, à quel moment était-il entré au ministère, nul n'était en mesure de se le rappeler. Les directeurs et les chefs en tous genres avaient beau changer, on le voyait toujours à la même place, dans la même position, avec les mêmes attributions de fonctionnaire aux écritures, tant et si bien qu'on finit par se persuader que, visiblement, il était venu au monde tout prêt, en uniforme et le front dégarni. Au ministère, on ne lui témoignait aucun égard. Non seulement les huissiers ne se levaient pas de leur siège à son passage mais ils ne le regardaient même pas, à croire qu'une simple mouche avait traversé l'antichambre. Les chefs avaient envers lui une attitude froidement despotique. N'importe quel sous-chef de bureau lui fourrait carrément sous le nez des papiers, sans même lui dire : « recopiez-moi ça » ou « voici un bon petit travail bien intéressant » ou quoi que ce fût d'agréable comme il est d'usage dans les services où l'on sait vivre. Et lui, prenait, ne regardant que le papier, sans vérifier qui le lui tendait et s'il en avait le droit. Il prenait et se mettait aussitôt en devoir de recopier. Les jeunes fonctionnaires se gaussaient de lui et multipliaient les bons mots, pour autant que le permît l'esprit des chancelleries : ils racontaient, là, devant lui, différentes fables sur son compte, sur sa logeuse, une vieille de soixante-dix ans, prétendant qu'elle le battait.

Ils demandaient quand aurait lieu la noce et lui faisaient tomber des bouts de papier sur la tête, en disant que c'était de la neige. Akaki Akakievitch ne répondait rien, comme s'il n'avait personne devant lui ; cela n'avait même pas d'incidence sur ses occupations : malgré toutes ces avanies, il ne commettait aucune faute dans sa copie. Il fallait vraiment que la plaisanterie fût insupportable, qu'on lui poussât le bras, l'empêchant de se consacrer à sa tâche pour qu'il dît : « Laissez-moi, pourquoi m'embêtez-vous ? » Et ces mots, la façon de les prononcer avaient quelque chose d'étrange, quelque chose qui inclinait tellement à la pitié qu'un jeune homme, récemment nommé et qui, à l'instar des autres, allait se permettre de se gausser un peu de lui, s'était soudain arrêté, le cœur comme transpercé ; dès lors, tout parut changer à ses yeux, tout prit pour lui un autre aspect. Une force surnaturelle l'écarta des camarades avec lesquels il s'était lié, les tenant pour des gens du monde, des hommes d'honneur. Longtemps après, aux instants les plus joyeux, lui apparaissait un petit fonctionnaire au front dégarni, qui prononçait ces paroles pénétrantes : « Laissez-moi. Pourquoi m'embêtez-vous ? » Et dans ces mots pénétrants en résonnaient d'autres : « Je suis ton frère. » Alors, le malheureux jeune homme se voilait la face et il eut, dans sa vie, mainte occasion de frémir, en voyant ce que l'homme recèle d'inhumanité, la féroce grossièreté dissimulée sous l'urbanité raffinée et le savoir, y compris, ô Seigneur ! chez ceux que le monde tient pour des cœurs nobles et honnêtes...

On serait sans doute bien en peine de trouver homme qui vécût plus dans sa fonction. C'est peu de dire qu'il servait avec zèle, non, il servait avec amour. Là, dans ce travail de copie, il avait la vision d'un monde multiple et plaisant. La jouissance transparaissait sur son visage ; certaines lettres étaient ses favorites et, quand il venait à les rencontrer, il n'était plus lui-même : et de rire tout bas, et de faire des clins d'œil, et de s'aider des lèvres, de sorte qu'on pouvait, semblait-il, lire sur sa figure la moindre lettre que traçait sa plume. Si on l'eût récompensé à la mesure de son zèle, il se fût aussi bien retrouvé, à sa propre stupéfaction, conseiller d'État. Mais il n'y avait gagné, comme plaisantaient les fins esprits, ses camarades, que bouton de culotte à la boutonnière et hémorroïdes au derrière. Au demeurant, on ne pouvait dire qu'on ne lui montrât aucune attention. Un brave homme de directeur, qui souhaitait le récompenser pour ses longues années de service, ordonna de lui confier quelque chose de plus important que son habituel travail de copie. En fait, on lui demandait, à partir d'un document tout prêt, d'établir un rapport pour une autre administration ; il s'agissait simplement de changer l'intitulé et de mettre certains verbes de la première à la troisième personne. Cela lui fut un tel labeur que, trempé de sueur et s'épongeant le front, il finit par dire : « Non, donnez-moi plutôt quelque chose à copier. » Dès lors, on le laissa pour toujours à son travail de copie. Il semblait que rien d'autre au monde n'existât pour lui. Il ne se souciait aucunement de son habit : son uniforme n'était pas vert mais d'une couleur tirant vaguement sur le roux farineux. Le col en était si étroit et étriqué que son cou, bien qu'il ne l'eût point long, paraissait proprement démesuré lorsqu'il en émergeait, comme celui de ces chats de plâtre qui branlent du chef et que colportent sur la tête, par dizaines, nos marchands ambulants qui se prétendent tous étrangers. Immanquablement, des choses se collaient à son uniforme : tantôt un brin de paille, tantôt un bout de fil, et il avait en outre l'art tout particulier, lorsqu'il était dans la rue, de passer sous une fenêtre juste au moment où l'on en déversait toutes sortes de saletés, si bien qu'il transportait perpétuellement sur son chapeau des épluchures de pastèques ou de melons et autres sornettes du même genre. Pas une fois, dans sa vie, il n'avait prêté attention à ce qui se faisait et se produisait tous les jours au-dehors, ce qu'eût observé n'importe lequel de ses collègues, jeunes fonctionnaires, dont le regard, naturellement vif, est si affûté qu'il ira repérer, à l'autre bout du trottoir, un sous-pied décousu, au bas d'un pantalon, ce qui ne manquera pas de susciter un rictus narquois.

Akaki Akakievitch, s'il regardait quelque chose, ne voyait partout, quant à lui, que ses lignes soignées, tracées d'une écriture régulière ; et il fallait vraiment qu'une tête de cheval, surgie on ne sait d'où, se posât sur son épaule et lui soufflât dans la joue tout un vent par les naseaux, pour qu'il daignât s'apercevoir qu'il n'était pas au milieu d'une ligne, mais bien au milieu de la rue. De retour chez lui, il se mettait aussitôt à table, se hâtait de lamper sa soupe aux choux et de manger un morceau de bœuf à l'oignon, sans remarquer le moins du monde leur goût, engloutissant en même temps les mouches et tout ce que Dieu avait bien voulu lui envoyer ce jour-là. Lorsqu'il s'apercevait que son estomac commençait à gonfler, il se levait de table, prenait un petit flacon d'encre et recopiait les papiers qu'il avait rapportés chez lui. S'il n'avait pas de travail à domicile, il faisait, tout exprès, de la copie pour lui, pour son propre plaisir, surtout quand il s'agissait de documents remarquables, non par la beauté de leur style mais parce qu'ils étaient adressés à quelque nouveau ou important destinataire.

Même aux heures où le ciel gris de Pétersbourg s'éteint complètement et où toute la gent fonctionnaire, repue, ayant achevé son dîner, chacun à sa façon, au gré de ses appointements et de son caprice... Même aux heures où tout s'est reposé, après le crissement des plumes au ministère, la course folle, les tâches indispensables pour soi et pour les autres, et tout ce que l'homme insatiable s'impose volontiers (au demeurant, bien plus qu'il ne faudrait)... Même aux instants, donc, où les fonctionnaires se hâtent de consacrer aux plaisirs ce qu'ils ont de loisir – les uns, plus pétulants, filant au théâtre, d'autres simplement dans la rue où ils réservent ce répit à lorgner quelques mignons chapeaux, d'autres encore à une soirée qu'ils useront en compliments à l'adresse d'une jolie frimousse, étoile d'un petit cercle de fonctionnaires, et les quatrièmes – c'est le cas le plus fréquent – se rendant simplement chez un de leurs pareils, à un troisième ou un deuxième étage, avec deux petites pièces, une entrée ou une cuisine et quelques prétentions à suivre la mode, telles qu'une lampe ou un bibelot acquis au prix de nombreux sacrifices, privations de dîners ou de promenades... Bref, même aux heures où tous les fonctionnaires s'égaillent dans les modestes logements de leurs connaissances pour une partie de whist endiablé, en sirotant des verres de thé accompagnés de biscuits à un kopeck, en tirant sur de longues chibouques [1], en rapportant, tandis qu'on donne les cartes, quelque ragot en provenance de ce grand monde dont le Russe, quel que soit son état, ne saurait se passer vraiment, ou bien, si la conversation languit, en répétant la sempiternelle histoire du commandant auquel on vient annoncer qu'on a coupé la queue du cheval de la statue de Falconet... Bref, même à l'heure où tout n'aspire qu'à se divertir, Akaki Akakievitch, lui, ne s'autorisait aucune distraction. Nul ne pouvait prétendre l'avoir jamais vu à une quelconque soirée. Ayant écrit son content, il se couchait, souriant à la perspective du lendemain, à ce que le Bon Dieu lui enverrait peut-être à recopier. Ainsi s'écoulait la paisible existence d'un homme qui, avec quatre cents roubles de traitement, savait se contenter de son sort, et elle se fût poursuivie jusqu'à ce qu'il atteignît un âge avancé, n'eussent été les diverses calamités dont est semé le chemin terrestre des conseillers en tous genres, titulaires, certes, mais également secrets, actuels, auliques, et jusqu'à ceux qui ne donnent de conseils à personne et n'en veulent pas pour eux-mêmes.

---

1. Pipe turque à long tuyau *(NdT)*.

Il est à Pétersbourg un ennemi puissant de tous ceux qui touchent un traitement annuel de quatre cents roubles ou approchant. Cet ennemi n'est autre que notre froid nordique, bien que, par ailleurs, on le dise fort sain. Le matin, à partir de huit heures, au moment précis où les rues se couvrent de fonctionnaires se rendant à leur ministère, il se met à distribuer sur tous les nez sans distinction des chiquenaudes si fortes et si méchantes que leurs malheureux propriétaires ne savent plus où les fourrer. À l'heure où les fronts les plus haut placés subissent la morsure du froid, où les grades les plus élevés ont les larmes qui leur montent aux yeux, les pauvres conseillers titulaires se trouvent parfois sans défense. Leur unique chance de salut est de franchir cinq ou six rues au pas de course, le plus rapidement possible, serrés dans un bout de manteau maigrichon, puis de battre un bon coup la semelle dans la loge du concierge, le temps de dégeler les facultés et talents nécessaires à l'exercice de leurs naturelles fonctions bureaucratiques, engivrés le temps du trajet. Depuis un moment déjà, Akaki Akakievitch avait au dos et à l'épaule une sensation des plus cuisantes, bien qu'il fît en sorte de franchir au plus vite la distance réglementaire. Il finit par se demander si quelque chose ne péchait pas dans son manteau. Rentré chez lui, il l'examina sous toutes les coutures et s'aperçut qu'en deux ou trois endroits, précisément au dos et aux épaules, le manteau était devenu une toile claire : le drap en était usé au point que l'on voyait au travers et la doublure était tout effilochée. Il faut savoir que le manteau d'Akaki Akakievitch faisait aussi l'objet des railleries de ses collègues : on lui déniait jusqu'au noble nom de manteau pour le traiter de « capote ». Ce manteau, il est vrai, avait une curieuse propriété : le col s'en amenuisait chaque année, servant à rapiécer les autres parties. Ce ravaudage n'était certes pas à la gloire du tailleur, l'ensemble avait quelque chose d'un sac et était plutôt vilain. Ayant vu de quoi il retournait, Akaki Akakievitch décida qu'il fallait porter le manteau au tailleur Petrovitch, qui vivait quelque part au troisième étage, par l'escalier de service, et qui, en dépit de son œil borgne et de son visage grêlé, réparait avec assez de bonheur les pantalons et habits, de fonctionnaires notamment, à condition, bien sûr, qu'il fût à jeun et n'eût d'autre entreprise en tête. Certes, il conviendrait de ne pas trop s'étendre sur ce tailleur mais, puisqu'il est désormais de mise, dans un récit, de brosser en détail le caractère de chacun, nous n'y couperons donc pas : qu'on nous serve du Petrovitch ! Il s'était d'abord appelé Grigori tout court, avait été serf d'un barine [1] et n'était devenu Petrovitch qu'après qu'il fut affranchi et se fut mis à tâter assez fortement du flacon à toutes les fêtes, les plus importantes au début, puis, sans distinction, à la moindre célébration religieuse, partout où, sur le calendrier, figurait une petite croix. À cet égard, il observait les usages ancestraux et, aux prises avec sa femme, la traitait de mécréante et d'Allemande. Et, puisque nous n'avons pu nous retenir de mentionner l'épouse, force nous est d'en dire deux mots. On n'en sait, hélas, pas grand-chose, sinon que Petrovitch en avait une, en effet, et qu'elle portait un bonnet au lieu d'un fichu mais ne pouvait, semble-t-il, se targuer de sa beauté ; en tout cas, seuls les soldats de la garde s'aventuraient, à l'occasion, à lui regarder sous le bonnet, à la suite de quoi ils avaient un frémissement de la moustache et émettaient des sons assez particuliers.

En grimpant l'escalier qui menait chez Petrovitch, lequel escalier, il faut lui rendre cette justice, était ciré aux eaux grasses et à l'humidité suintante, et complètement imprégné de cette odeur de gnôle qui ronge les yeux, indissociable, on le sait, des escaliers de service de

---

1. Désigne le propriétaire terrien, qui possédait également des « âmes » (des serfs) jusqu'à l'abolition du servage en Russie, en 1861 *(NdT)*.

Pétersbourg... en grimpant, donc, Akaki Akakievitch songeait par avance au prix que lui demanderait le tailleur et avait fixé pour lui-même de ne pas lui donner plus de deux roubles. La porte était ouverte car la maîtresse de maison, en préparant quelque poisson, avait à ce point enfumé la cuisine qu'on n'y voyait plus les cafards. Akaki Akakievitch la traversa sans que la maîtresse des lieux s'en aperçût et entra enfin dans la pièce où il vit Petrovitch, assis sur sa large table de bois, les jambes ramenées sous lui, tel un pacha turc. Ses pieds, comme ont accoutumé de le faire les tailleurs lorsqu'ils travaillent, étaient tout nus et, ce qui sautait d'abord aux yeux, c'était son gros orteil, bien connu d'Akaki Akakievitch, à l'ongle monstrueusement déformé, aussi épais et solide que la carapace d'une tortue. Au cou de Petrovitch pendait un écheveau de soie et de fil, et une nippe était posée sur ses genoux. Cela faisait deux bonnes minutes qu'il tâchait vainement d'enfiler une aiguille, aussi fulminait-il contre l'obscurité, quand ce n'était contre le fil qu'il gourmandait à mi-voix : « Vas-tu entrer, saleté barbare ? M'as-tu assez rongé les sangs, friponnerie ? » Akaki Akakievitch trouvait fâcheux d'arriver au moment où Petrovitch était colère. Il aimait à lui passer commande lorsqu'il était un peu éméché ou que ce diable borgne, comme disait sa femme, avait pris une bonne muflée ! Dans cet état, d'ordinaire, Petrovitch en rabattait très volontiers et se montrait conciliant, se confondant même, chaque fois, en courbettes et remerciements. Il est vrai qu'ensuite, sa femme venait pleurnicher que son mari était soûl et, de ce fait, n'avait pas demandé assez. Mais, bien souvent, il suffisait d'ajouter dix kopecks et l'affaire était dans le sac. Là, cependant, Petrovitch paraissait sobre, ce qui le rendait abrupt, intraitable, enclin à exiger des sommes proprement diaboliques. L'ayant aussitôt saisi, Akaki Akakievitch voulut prendre la poudre d'escampette, mais les choses étaient engagées. Petrovitch plissa, avec une attention extrême, son œil unique dans sa direction, et Akaki Akakievitch laissa échapper, malgré lui : « Bien le bonjour à toi, Petrovitch ! — Je vous le souhaite de même, monsieur », répliqua Petrovitch en braquant son œil sur les mains d'Akaki Akakievitch, pour voir de quel butin elles étaient chargées.

« Donc... me voilà... Petrovitch... chez toi... euh... » Il faut savoir qu'Akaki Akakievitch s'exprimait, pour l'essentiel, par prépositions, adverbes, enfin, particules résolument dénuées de sens. Si le sujet était par trop embarrassant, il avait coutume de n'achever aucune phrase, de sorte qu'il commençait bien souvent son discours par ces mots : « Vrai, c'est parfaitement, euh... », mais rien ne suivait, lui-même ayant tendance à oublier la suite parce qu'il croyait avoir tout débité.

« Et alors ? » fit Petrovitch, embrassant de son œil unique l'uniforme du visiteur, depuis le col jusques aux manches, en passant par le dos, les basques, les boutonnières, le tout, au demeurant, lui étant des plus familiers, puisque c'était son ouvrage. Mais telle est l'habitude des tailleurs, c'est la première chose qu'ils font.

« Voilà, Petrovitch, je... euh... le manteau, là, le drap... vois-tu... partout ailleurs, il tient très bien... juste un peu poussiéreux... on pourrait croire qu'il est vieux mais il est neuf, il n'y a qu'un endroit un peu... euh... dans le dos, et là aussi, à l'épaule, il est troué... mais pas trop... tiens, à l'épaule, mais pas tellement, vois-tu ? C'est tout. Ça ne fait pas beaucoup de travail... »

Petrovitch prit la capote, il commença par l'étaler sur la table, l'examina longuement, secoua la tête ; son bras alla quérir sur l'appui de la fenêtre une tabatière ronde qu'ornait le portrait d'un général – lequel exactement, on eût été bien en peine de le dire car un doigt avait transpercé l'emplacement du visage, à présent masqué par un tout petit rectangle de papier collé. Petrovitch prisa, puis, la capote déployée sur ses bras, il l'examina à contre-jour et secoua à nouveau la tête. Il la retourna ensuite côté doublure, recommença à secouer la tête, souleva derechef le couvercle au général masqué par un bout de papier collé et, après s'être enfilé une bonne prise dans le nez, le referma, rangea la tabatière et dit enfin :

« Non, impossible à réparer, c'est du vêtement qui ne vaut rien. »

À ces mots, le cœur d'Akaki Akakievitch bondit.

« Comment ça, impossible, Petrovitch ? fit-il et sa voix était presque celle d'un enfant qui implore. Alors qu'il est juste... un peu usé aux épaules, rien d'autre... Alors que tu dois bien avoir des petites chutes...

— Ça, des chutes on peut en trouver, des chutes on en trouvera toujours, reprit Petrovitch. Seulement, y a pas où les coudre : c'est tout pourri, une aiguille là-dedans, et ça fichera le camp de tous les côtés !

— Bah, que ça fiche le camp ! Tu n'auras qu'à mettre tout de suite un petit bout de pièce.

— Y a pas où le mettre, votre bout de pièce, pas moyen que ça tienne, c'est que l'usure a rudement gagné. Du drap, c'est bien pour dire... Un coup de vent, et ça part en miettes !

— Tu n'as qu'à le renforcer un peu... Vrai, comment ça peut donc pas... euh... ?

— Non, répondit Petrovitch, catégorique. Rien n'est possible. On est au bout. Feriez mieux, avec les grands froids qui viennent, de le débiter en bandes molletières, parce que les bas, ça tient pas chaud ! Des inventions d'Allemands, les bas, histoire de voler le pauvre monde. » (Petrovitch aimait assez, quand l'occasion s'en présentait, lancer des piques aux Allemands.) « Et pour ce qui est de votre manteau, faudra vous en faire faire un neuf, je vois que ça. »

Au mot de « neuf », la vue d'Akaki Akakievitch se brouilla et tout ce qui se trouvait dans la pièce se mit à s'emberlificoter devant lui. Il ne vit plus nettement que le général au visage en bout de papier collé, sur le couvercle de la tabatière du tailleur. Comment ça, neuf ?

demanda-t-il, comme en rêve. C'est que je n'ai pas l'argent pour...

— Neuf, oui, répondit Petrovitch avec un calme barbare.

— Bon, et s'il... fallait... en arriver... un neuf... comment ça se... euh... ?

— À combien ça reviendrait, c'est ça ?

— Oui.

— Faudrait compter cent cinquante et des poussières, dit Petrovitch, pinçant les lèvres pour donner plus de poids à son propos. » Il affectionnait les gros effets, aimait interloquer soudain son monde et guigner ensuite du coin de l'œil la tête que faisaient les interloqués.

« Cent cinquante roubles, un manteau ! s'écria le malheureux Akaki Akakievitch, et ce fut peut-être le premier cri de sa vie car il se distinguait généralement par la douceur de sa voix.

— Oui, monsieur, répliqua Petrovitch. Et encore, faut voir quel manteau ! Si on y met un col de martre et un *képichon*[1] doublé de soie, ça ira chercher dans les deux cents.

— S'il te plaît, Petrovitch, se mit à répéter, d'une voix suppliante, Akaki Akakievitch qui n'entendait pas et n'essayait même pas de saisir les paroles et tous les effets de son interlocuteur. Arrange-le-moi comme tu pourras, qu'il me fasse encore un peu d'usage...

— Mais non, à quoi ça servira ? Du travail gâché, de la dépense pour rien... » conclut Petrovitch et, sur ces mots, Akaki Akakievitch s'en fut, complètement anéanti. Quant à Petrovitch, il demeura longtemps figé après son départ, les lèvres pincées pour se donner plus de poids, délaissant son ouvrage, content de n'avoir ni perdu la face ni galvaudé son art.

---

1. En digne représentant des couches populaires, Petrovitch a quelque difficulté avec les mots d'origine étrangère *(NdT)*.

Akaki Akakievitch se retrouva dans la rue comme dans un rêve : « En voilà une histoire ! se répétait-il. Vrai... jamais pensé que ça aurait tourné... euh... » Puis, après un instant de silence, il ajouta : « Ça, alors ! Que ça ait tourné comme ça ! Vrai... jamais imaginé que ça donnerait ça ! » Suivit encore un long silence, et il lança : « Eh bien, voilà qui est inattendu... Voilà qui est vraiment... Elle est bonne, celle-là ! » Ayant dit, au lieu de rentrer chez lui, il partit dans la direction exactement contraire, sans le soupçonner un instant. Tandis qu'il cheminait, un ramoneur tout sale le bouscula, lui noircissant copieusement l'épaule, et une coiffe de plâtre se déversa littéralement sur sa tête du haut d'une maison en construction. Lui, ne s'aperçut de rien. Ce n'est qu'ensuite, lorsqu'il vint buter contre une sentinelle qui, sa hallebarde plantée à côté d'elle, faisait tomber du tabac d'un cornet sur le dos de sa main calleuse, qu'il reprit un peu ses esprits, et encore parce que l'autre lui dit : « Qu'est-ce que tu viens me rentrer dans le museau ? Les *trouttouars*, tu sais pas ce que c'est ? » Cela le contraignit à regarder autour de lui et à rebrousser chemin pour rentrer. Là, seulement, il tenta de rassembler ses pensées. Il vit nettement sa situation présente, eut avec lui-même, non pas une conversation sans lien mais un entretien de bon sens, sincère, comme l'on s'ouvre, à un ami avisé, de l'affaire la plus intime, celle qui tient le plus à cœur. « Non, déclara Akaki Akakievitch, impossible, là, tout de suite, de discuter avec Petrovitch. En ce moment, il... euh... sa femme, visiblement, lui aura caressé les côtes... Mieux vaut y retourner dimanche matin : après sa soirée de samedi, il aura l'œil louche, sera mal réveillé, et avec ça le mal aux cheveux, sa femme qui ne lui donnera pas d'argent... Alors, je lui glisserai une petite pièce... euh... dans la main, ça le rendra plus conciliant, et pour mon manteau, euh... » Ainsi raisonnait, en tête à tête avec lui-même, Akaki Akakievitch. Cela le ragaillardit et lui permit d'attendre le dimanche suivant.

Ayant vu, de loin, la femme de Petrovitch quitter la maison, il y fila tout droit. Petrovitch, en effet, après son samedi, avait l'œil complètement louche, piquait du nez vers le plancher et était tout à fait mal réveillé. Néanmoins, dès qu'il sut de quoi il retournait, ce fut comme si le Diable l'avait poussé : « Impossible, dit-il. Faites-moi la grâce d'en commander un neuf. » Akaki Akakievitch lui fourra aussitôt une pièce de dix kopecks dans la main. « Grand merci, monsieur, je me requinquerai à votre santé, déclara Petrovitch. Et, pour ce qui est de votre manteau, ayez la bonté de ne pas vous tracasser : il ne vaut pas tripette. Je vais vous en faire un tout neuf, vous m'en direz des nouvelles. Topez là ! »

Akaki Akakievitch s'apprêtait à remettre la réparation sur le tapis mais Petrovitch ne le laissa pas achever : « Je vous en ferai un sans faute, neuf, ayez l'obligeance de compter sur moi, j'y mettrai tout mon zèle. On pourra même, puisque c'est à la dernière mode, s'arranger pour fermer le col avec des petites pattes en plaqué argent. »

Là, Akaki Akakievitch vit qu'il était impossible d'échapper au manteau neuf et perdit tout courage. Comment le faire faire, en effet, avec quoi, quel argent ? Certes, on pouvait partiellement compter sur une prochaine prime pour les fêtes, mais cet argent-là était investi et réparti depuis longtemps. Il fallait se doter de nouveaux pantalons, payer une ancienne dette au cordonnier qui avait mis des empeignes neuves à de vieilles bottes, et puis il eût été bon de commander à la couturière trois chemises et deux ou trois jeux de ce linge de dessous qu'il est inconvenant de nommer dans ces pages. Bref, tout l'argent serait employé jusqu'au dernier sou et, même si le directeur avait l'obligeance de lui allouer quarante-cinq roubles de prime au lieu de quarante, il resterait une misère qui, au regard du capital nécessité par le manteau, serait une goutte d'eau dans l'océan. Il n'ignorait pas, bien sûr, la lubie de Petrovitch qui l'amenait fréquemment à fixer tout soudain un prix diabolique, au point que sa femme elle-même ne pouvait s'empêcher de s'écrier : « Tu perds la tête ou quoi, espèce d'imbécile ?! Des fois, il travaille pour rien, et v'là qu'il se sent plus ! » Il savait, naturellement, qu'aussi bien Petrovitch accepterait quatre-vingts roubles. Et malgré tout, où les prendre ces quatre-vingts roubles ? La moitié, encore, cela pouvait se trouver. La moitié, on y arriverait, et peut-être même un peu plus. Seulement, où dénicher l'autre moitié ?... Cependant, avant toute chose, le lecteur doit savoir d'où venait cette première moitié. Akaki Akakievitch avait accoutumé de mettre de côté un demi-kopeck par rouble utilisé, dans une petite boîte fermée à clé, avec une petite fente sur le couvercle pour y jeter l'argent. Tous les six mois, il recomptait les pièces de cuivre qui s'y étaient amassées et les changeait contre de la menue monnaie argent. Cette habitude, il l'avait depuis longtemps et c'est ainsi qu'au bout de quelques années, son pécule excédait les quarante roubles. Il tenait donc la première moitié ; mais où prendre la seconde ? Où prendre les quarante autres roubles ? Akaki Akakievitch réfléchit, réfléchit et décida qu'il faudrait réduire les dépenses courantes, ne fût-ce que sur un an : proscrire l'usage du thé, le soir, ne pas allumer de chandelle et, s'il avait quelque chose à faire, s'installer dans la pièce de la logeuse et profiter de sa bougie ; dans la rue, fouler dalles et pavés le plus légèrement, le plus précautionneusement possible, presque sur la pointe des pieds, afin d'éviter de la sorte d'user prématurément ses semelles ; donner le plus rarement possible du linge à la blanchisseuse et, pour qu'il ne s'élime pas, l'ôter, sitôt rentré à la maison, et ne garder qu'une robe de chambre de futaine qu'il avait depuis des lustres et que le temps lui-même semblait épargner. Pour être franc, il eut quelque difficulté, au commencement, à se faire à ces restrictions mais il finit par s'habituer et tout alla son train. Il s'accoutuma même à jeûner le soir ; il se nourrissait en revanche, spirituellement, portant sans cesse dans ses pensées l'image du manteau à venir. Dès lors, son existence se fit plus pleine, à croire qu'il s'était marié, qu'un être était présent à ses côtés, qu'il n'était plus seul et qu'une aimable compagne avait accepté de parcourir avec lui le chemin de la vie ; or, cette compagne n'était autre que le fameux manteau, la cape rembourrée d'ouate épaisse et solidement doublée d'une soie inusable. Il se fit plus vivant, plus ferme de caractère, comme un homme qui s'est donné un but à atteindre. Le doute, l'indécision, bref, tout le flou et l'hésitation de ses traits disparurent d'eux-mêmes de son visage et de ses gestes. Une flamme s'allumait parfois dans ses yeux, et dans sa tête fusaient les pensées les plus hardies et les plus téméraires : ne faudrait-il pas, en effet, mettre de la martre sur le col ? Ses réflexions à ce sujet faillirent bien lui donner des distractions. Un jour qu'il recopiait un papier, il fut même à deux doigts de faire une faute, au point qu'il laissa échapper un « oh ! », presque à voix haute, et se signa. Chaque mois, il ne manquait jamais, au moins une fois, de rendre visite à Petrovitch afin de s'entretenir du manteau : où valait-il mieux acheter le drap, de quelle couleur, à quel prix, et, bien que quelque peu soucieux, il rentrait toujours chez lui, satisfait, songeant qu'enfin le temps viendrait où tout cela serait acheté et le manteau cousu. L'affaire fut même plus rondement menée qu'il ne s'y attendait. Contre tout espoir, le directeur alloua à Akaki Akakievitch, non pas quarante ou quarante-cinq roubles mais soixante tout rond : aurait-il pressenti qu'Akaki Akakievitch avait besoin d'un manteau ou était-ce le fruit du hasard, toujours est-il que vingt roubles supplémentaires lui échurent. Cette circonstance précipita le cours des choses. Encore deux ou trois mois de jeûne léger, et près de quatre-vingts roubles se trouvèrent effectivement en la possession d'Akaki Akakievitch. Son cœur qui, d'ordinaire, reposait parfaitement en paix, se mit à battre. Dès le premier jour, il fit le tour des boutiques en compagnie de Petrovitch. Ils achetèrent du très beau drap, ce qui n'était pas compliqué puisqu'ils y avaient réfléchi six mois durant et qu'il ne s'en était, pour ainsi dire, pas écoulé un seul, sans qu'ils ne passent dans les boutiques s'aviser des prix ; Petrovitch lui-même déclara cependant qu'il n'en était pas de meilleur. Pour la doublure, ils choisirent une percaline, mais si solide et si serrée qu'à en croire le tailleur, elle valait mieux que la soie, étant plus flatteuse à l'œil et plus lustrée. Ils ne prirent point de martre parce qu'elle était vraiment trop chère, ils lui préférèrent du chat, le plus beau de toute la boutique, qui, de loin, pourrait à la rigueur faire illusion. Petrovitch mit deux semaines entières à confectionner le manteau, à cause des nombreuses piqûres, sinon il eût été prêt plus tôt. Il demanda douze roubles de façon, il lui était résolument impossible de prendre moins, tout, sans exception, étant cousu au fil de soie, au point arrière, sans compter qu'il avait éprouvé chacune des coutures avec ses dents, y dessinant toutes sortes de festons.

Ce fut... il est difficile de dire quel jour exactement... mais ce fut certainement le plus grand jour de la vie d'Akaki Akakievitch, que celui où Petrovitch livra enfin le manteau. Il l'apporta de bon matin, juste avant le départ pour le ministère. Jamais manteau n'eût pu être aussi opportun, car les grands froids commençaient et menaçaient de devenir plus vifs encore. Petrovitch parut, avec le manteau, comme il sied à un bon tailleur. Il y avait sur sa figure une expression qu'Akaki Akakievitch lui voyait pour la première fois et qui disait l'homme de poids. Il semblait qu'il prît pleinement la mesure de la belle ouvrage accomplie et qu'il eût soudain montré, sur son exemple, l'abîme séparant les tailleurs qui se contentent de mettre des doublures et de retoucher, de ceux qui font du neuf. Il tira le manteau du mouchoir dans lequel il l'avait apporté, un mouchoir qui rentrait de chez la blanchisseuse et qu'il plia avant de l'enfouir dans sa poche pour son usage personnel. Le manteau déballé, il le contempla fièrement et, le tenant à deux mains, le jeta fort habilement sur les épaules d'Akaki Akakievitch ; puis il l'arrangea çà et là et, de la dextre, le fit tomber comme il fallait dans le dos ; il en drapa ensuite Akaki Akakievitch, un peu à la diable. Celui-ci, en homme d'âge, voulut enfiler les manches. Petrovitch l'y aida et il apparut que c'était également fort bien. Bref, il se trouva que le manteau était parfait à tous égards. Petrovitch ne manqua pas l'occasion de dire que cela tenait à ce qu'il n'avait pas d'enseigne et vivait dans une rue modeste, qu'il connaissait en outre Akaki Akakievitch depuis longtemps, ce qui expliquait qu'il n'eût pas demandé plus ; sur la perspective Nevski, en revanche, on lui eût pris soixante-quinze roubles, rien que pour la façon. Akaki Akakievitch ne voulut pas s'aventurer sur ce terrain, d'autant qu'il redoutait ces fortes sommes avec lesquelles Petrovitch aimait jeter de la poudre aux yeux. Il le régla, le remercia et partit aussitôt pour le ministère, vêtu de son nouveau manteau. Petrovitch sortit sur ses talons et, dans la rue, demeura longtemps encore à l'admirer de loin, puis il coupa exprès par une rue transversale qui lui permit de le devancer et de jeter, de face, un ultime coup d'œil à son œuvre. Akaki Akakievitch, tous les sens en fête, cheminait cependant. Il sentait à chaque instant sur ses épaules la présence du manteau neuf et, à plusieurs reprises, il eut même un petit rire de contentement. Il y avait en effet un double avantage : c'était chaud et c'était bien. Sans rien remarquer du trajet, il se retrouva brusquement au ministère. À la loge, il fit glisser le manteau de ses épaules, l'examina sous toutes les coutures et en confia spécialement la garde au concierge. Le ministère entier apprit soudain, sans que l'on sût comment, qu'Akaki Akakievitch avait un manteau neuf et que la vieille capote avait rendu l'âme. En un instant, tous se précipitèrent à la loge pour voir le nouveau manteau d'Akaki Akakievitch. On le félicita, on le complimenta à qui mieux mieux, tant et si bien que, d'abord souriant, il finit par se sentir confus. Et quand tous, se pressant autour de lui, déclarèrent qu'il fallait arroser le nouveau manteau et qu'il devait, pour le moins, les convier à une soirée, Akaki Akakievitch acheva de se troubler, ne sachant quelle attitude prendre, quelle réponse faire et comment se récuser. Il lui fallut quelques minutes pour se lancer, cramoisi, dans un discours assez naïf, visant à les convaincre que ce n'était pas un manteau neuf, que ce n'était rien du tout, que c'était son vieux manteau. Pour finir, un des fonctionnaires, peut-être même sous-chef de bureau, désireux, sans doute, de montrer qu'il n'était pas fier et frayait à l'occasion avec ses inférieurs, déclara : « Soit ! Je donnerai une soirée à la place d'Akaki Akakievitch et je vous convie tous chez moi, aujourd'hui même, pour le thé, d'autant que c'est justement ma fête. » Les fonctionnaires, naturellement, s'empressèrent de complimenter le sous-chef de bureau et acceptèrent volontiers l'invitation. Akaki Akakievitch voulut décliner mais tous lui dirent que ce serait de la dernière impolitesse, une honte, un scandale, et il ne put pas refuser. Au demeurant, il se plut ensuite à songer qu'il aurait ainsi l'opportunité de porter à nouveau, le soir, son manteau neuf. Toute cette journée fut pour Akaki Akakievitch comme la plus grande, la plus belle des fêtes. Il rentra chez lui dans la plus heureuse disposition d'esprit, retira son manteau, l'accrocha soigneusement au mur, sans se lasser d'en admirer le drap et la doublure, puis il ressortit tout exprès, à titre de comparaison, son ancienne capote qui partait par tous les bouts. Il y jeta un coup d'œil et ne put s'empêcher de rire, si grande était la différence. Longtemps après, au dîner, il en gloussait encore, chaque fois que lui venait à l'esprit l'état de sa capote. Il dîna fort joyeusement, puis ne recopia rien, aucun document, se permettant au contraire de faire un peu le sybarite sur son lit, jusqu'à la tombée de la nuit. Alors, sans plus tarder, il s'habilla, mit son manteau sur les épaules et s'en fut. Où demeurait, au juste, le fonctionnaire qui avait lancé l'invitation, nous ne saurions malheureusement le dire : la mémoire commence à nous faire sérieusement défaut et tout ce que Pétersbourg compte de rues et de maisons se confond et s'embrouille si bien dans notre tête qu'il devient fort ardu d'en tirer quelque chose d'un peu convenable. Quoi qu'il en soit, il est à tout le moins certain que le fonctionnaire résidait dans la plus belle partie de la ville, donc, pas vraiment à proximité d'Akaki Akakievitch. Ce dernier dut d'abord franchir quelques rues désertes, chichement éclairées, mais au fur et à mesure qu'il se rapprochait du logis de son hôte, les rues s'animaient, se peuplaient, s'illuminaient. Les piétons s'étaient faits plus fréquents, il croisait aussi, à présent, des dames joliment mises, des messieurs à cols de castor, tandis que les petits traîneaux de bois treillagé, garnis de clous dorés, devenaient plus rares, cédant la place à de beaux équipages de bois laqué, protégés de peaux d'ours et menés par des cochers à bonnets de velours framboise, ou à des carrosses aux sièges de conducteur ornementés, qui filaient, hurlant de toutes leurs roues dans la neige. Akaki Akakievitch posait sur tout cela un regard neuf. Il y avait des années qu'il ne sortait plus le soir. Il s'arrêta, curieux, devant la vitrine illuminée d'un magasin pour contempler un tableau représentant une jolie femme qui retirait son soulier, découvrant de la sorte une jambe qui, ma foi, n'était pas vilaine ; dans son dos, un homme à favoris, le menton agrémenté d'une coquette barbe en pointe, passait le nez par l'entrebâillement d'une porte. Akaki Akakievitch secoua la tête et eut un petit rire, avant de poursuivre sa route. Pourquoi avait-il ri, était-ce de se trouver confronté à quelque chose d'absolument inconnu mais dont chacun, malgré tout, garde l'instinct, ou avait-il pensé, à l'instar de tant d'autres fonctionnaires : « Ah, ces Français ! Pas à dire, quand ils se mettent en tête de... euh... c'est vraiment... euh... » ? Mais peut-être n'y avait-il pas songé, l'âme humaine, après tout, demeure impénétrable et l'on ne peut savoir tout ce que pense un homme. Il atteignit enfin la maison du sous-chef de bureau. Ce dernier vivait sur un grand pied : une lanterne éclairait l'escalier, l'appartement était au premier étage. Dans le vestibule, Akaki Akakievitch vit sur le plancher des alignements de caoutchoucs [1]. Parmi eux, au milieu de la pièce, ronflant et crachant des nuages de vapeur, était posé un samovar. Aux murs, ce n'étaient que capes et manteaux, dont certains avaient même des cols de castor ou des revers de velours. De l'autre côté de la cloison, parvenaient du bruit et des voix qui se firent, soudain, clairs et sonores quand la porte s'ouvrit, livrant passage à un laquais portant un plateau chargé de verres vides, d'un pot à crème et d'une corbeille de biscuits. Visiblement, les fonctionnaires étaient là depuis longtemps et avaient déjà bu un premier verre de thé. Akaki Akakievitch suspendit lui-même son manteau, puis entra dans la pièce. Devant lui apparurent, d'un coup, chandelles, fonctionnaires, pipes, tables de jeu, cependant que son ouïe était confusément frappée par des conversations diffuses et des bruits de chaises déplacées, s'élevant de toutes parts. Il se figea, fort gauche, au milieu de la pièce, cherchant, s'efforçant d'imaginer ce qu'il devait faire. Mais, déjà, on l'avait remarqué, on l'accueillait à grands cris, et tous s'en furent, séance tenante, dans l'antichambre contempler à nouveau son manteau. Akaki Akakievitch était un cœur pur et, bien qu'il sentît déjà la gêne le gagner, il lui était impossible de ne pas se réjouir en voyant que tous louaient son vêtement. Ensuite, certes, tous les abandonnèrent, lui et son manteau, pour se tourner, comme il est d'usage, vers les tables prévues pour le whist. Tout cela, le bruit, les voix, la foule, tenait du prodige pour

---

1. Sorte de « pantoufles » en caoutchouc (d'où leur nom) qu'on enfile par-dessus les bottes de feutre pour les protéger de l'humidité *(NdT)*.

Akaki Akakievitch qui ne savait décidément que faire de ses mains ni où fourrer ses bras, ses pieds et l'ensemble de sa personne. Il finit par s'asseoir près des joueurs, suivit une partie de cartes, observa le visage des uns et des autres, puis, au bout d'un moment, se mit à bâiller et sentit qu'il s'ennuyait, d'autant plus que l'heure à laquelle il se couchait d'ordinaire était passée depuis longtemps. Il voulut prendre congé du maître de maison mais on se refusa à le laisser partir, arguant qu'il fallait absolument boire une coupe de champagne en l'honneur de sa nouvelle acquisition. Une heure plus tard, on servit un souper, composé d'une salade russe, de veau froid, d'un pâté, de petits-fours et de champagne. On contraignit Akaki Akakievitch à vider deux coupes, après lesquelles il sentit que tout dans la pièce était devenu plus gai, sans oublier pour autant qu'il était plus de minuit et, donc, plus que temps de rentrer. Pour que le maître de maison n'eût point la fantaisie de le retenir, il sortit en catimini de la pièce et, dans le vestibule, chercha son manteau que, non sans dépit, il vit gisant sur le plancher ; il le secoua, en retira la moindre peluche, le jeta sur ses épaules, descendit l'escalier et fut bientôt dans la rue. Il y avait encore de la lumière. Çà et là, de petites boutiques de détail, inaltérables clubs des gens de maison et d'ailleurs, étaient ouvertes, tandis que d'autres, fermées, n'en laissaient pas moins filtrer par la fente de la porte un long rai de lumière, indiquant qu'elles n'étaient point encore dépourvues de société et que, sans doute, servantes ou serviteurs n'avaient pas achevé de commérer et jacasser, plongeant ainsi leurs maîtres dans la plus totale perplexité quant au lieu où ils se trouvaient. Akaki Akakievitch cheminait, d'humeur folâtre. Il faillit même, soudain, sans que l'on sût pourquoi, se lancer à la poursuite d'une dame, passée devant lui comme l'éclair et dont le corps entier était saisi d'un étrange mouvement. Néanmoins, il s'arrêta aussitôt et reprit son pas tranquille, éberlué, tout le premier, du trot qui l'avait emporté. Bientôt s'étirèrent, devant lui, les rues désertes qui, même de jour, n'ont rien de très joyeux et le sont d'autant moins le soir. Elles étaient à présent encore plus désolées et sinistres : la lueur des réverbères y était plus rare, visiblement on y brûlait de l'huile en moindre quantité ; puis, ce furent des maisons de bois, des palissades, pas âme qui vive, seule, la neige scintillait sur la chaussée, tandis que se dessinaient, taches noires, lugubres, des masures ratatinées, sommeillant derrière leurs volets. Il approcha d'un endroit où la rue coupait une interminable place, dont les maisons, à l'autre bout, étaient à peine visibles, et qui faisait figure de terrifiant désert.

Au loin, Dieu savait où, une lueur clignotait dans une guérite qui semblait plantée aux confins de la terre. La belle humeur d'Akaki Akakievitch parut s'amenuiser considérablement. Il s'engagea sur la place, gagné malgré lui par l'appréhension, comme si son cœur nourrissait quelque mauvais pressentiment. Il jeta un coup d'œil derrière lui et de chaque côté : il se serait cru au beau milieu de l'océan. « Non, autant ne pas regarder », se dit-il. Il marcha donc les yeux fermés et, quand il les rouvrit pour savoir s'il était presque à l'extrémité de la place, il vit soudain des moustachus devant lui, quasiment sous son nez. Quant à savoir quel genre d'individus c'étaient, il était incapable de le distinguer. Ses yeux se brouillèrent et son cœur battit la chamade. « Hé, mais c'est mon manteau ! » fit l'un des hommes d'une voix de tonnerre, en le saisissant au collet. À peine Akaki Akakievitch voulut-il crier « au voleur », que l'autre lui cloua le bec avec un poing gros comme une tête de fonctionnaire, en disant : « Essaie de crier, pour voir ! » Akaki Akakievitch sentit seulement qu'on lui prenait son manteau et qu'un coup de genou le jetait dans la neige, les quatre fers en l'air, ensuite, plus rien. Il reprit ses esprits après quelques minutes et se remit sur pied, mais il n'y avait plus personne. Il sentit tout le froid de cette immensité, et qu'il n'avait plus son manteau. Il hurlait, or sa voix, semblait-il, refusait de porter jusqu'au bout de la place. Au désespoir, criant sans relâche, il piqua droit sur la guérite près de laquelle se tenait une sentinelle qui, appuyée sur sa hallebarde, paraissait l'observer avec curiosité, désireuse de savoir qui diable accourait ainsi, de si loin, en braillant. Parvenu près du factionnaire, Akaki Akakievitch vociféra d'une voix haletante qu'il dormait au lieu de monter la garde, et qu'il n'avait pas vu qu'on dépouillait un homme. La sentinelle répondit qu'elle n'avait rien remarqué, tout juste deux personnes qui l'avaient arrêté au milieu de la place, mais elle avait pensé qu'il les connaissait ; et plutôt que de l'invectiver bêtement, il ferait mieux d'aller, le lendemain, trouver l'inspecteur, lequel rechercherait ceux qui avaient pris son manteau. Akaki Akakievitch rentra précipitamment chez lui, dans une tenue des plus désordonnées : le peu de cheveux qu'il avait encore sur les tempes et la nuque, était ébouriffé, son flanc, sa poitrine et ses pantalons étaient maculés de neige. En entendant des coups effroyables à la porte, sa vieille logeuse bondit en hâte de son lit et, chaussée d'un seul pied, courut ouvrir, serrant pudiquement d'une main sa chemise sur son sein. Elle eut toutefois un mouvement de recul en voyant Akaki Akakievitch dans cet état. Lorsqu'il lui eut raconté l'affaire, elle leva les bras au ciel et dit qu'il fallait s'adresser directement au commissaire d'arrondissement, que le commissaire de quartier, lui, se paierait sa tête, qu'il promettrait et le ferait marcher. Le mieux était d'aller tout droit chez le commissaire d'arrondissement, d'autant qu'elle le connaissait parce qu'Anna, la Finnoise qu'elle avait eue comme cuisinière, était bonne d'enfants chez lui, qu'elle-même le voyait souvent passer en voiture devant leur maison, qu'il se rendait aussi, chaque dimanche, à l'église où, en disant ses prières, il posait, sur tout et sur tous, un regard joyeux ; bref, il était visible que c'était un brave homme. Ayant écouté sagement ce verdict, Akaki Akakievitch se traîna tristement jusqu'à sa chambre. Quelle nuit y passa-t-il, seul pourra s'en faire une idée celui qui est capable de se mettre un tant soit peu à la place d'autrui. De bon matin, le lendemain, il se rendit chez le commissaire de district mais on lui dit qu'il dormait. Il revint à dix heures : on lui fit la même réponse ; à onze heures : le commissaire était sorti ; à l'heure du dîner, mais les clercs, dans l'antichambre, ne voulurent pas le laisser entrer, exigeant de savoir pour quelle affaire c'était, quelle urgence l'amenait et ce qui était arrivé. Tant et si bien que, pour finir, Akaki Akakievitch fit montre de caractère une fois dans sa vie et déclara tout net qu'il devait voir personnellement le commissaire, et qu'ils ne s'avisent point de l'empêcher, qu'il venait du ministère pour une affaire d'État, qu'ils entendraient parler de lui et qu'on verrait ce qu'on verrait !... À cela, les clercs n'osèrent rien opposer et l'un d'eux s'en fut prévenir le commissaire. Celui-ci accueillit le récit du vol d'une fort étrange façon. Au lieu de prêter attention au fond même de l'affaire, il soumit Akaki Akakievitch à un interrogatoire serré : et pourquoi rentrait-il si tard, et n'avait-il pas été en quelque mauvais lieu ?, de sorte qu'Akaki Akakievitch perdit complètement pied et le quitta sans même savoir si l'affaire du manteau suivrait ou non son cours. Ce jour-là (la seule fois de son existence), Akaki Akakievitch ne se montra pas dans son administration. Le lendemain, il y parut, tout pâle, vêtu de sa vieille capote, plus lamentable que jamais. Bien qu'il se trouvât, là encore, des fonctionnaires pour ne pas manquer l'occasion de se gausser de lui, l'histoire du vol en toucha néanmoins beaucoup. On décida d'organiser aussitôt une collecte mais le produit en fut proprement dérisoire : les fonctionnaires s'étaient ruinés en souscrivant pour le portrait du directeur ainsi que pour quelque ouvrage patronné par le chef de division qui connaissait l'auteur ; bref, cela ne donna rien. Quelqu'un, pourtant, mû par la compassion, résolut d'apporter à Akaki Akakievitch ne fût-ce que le secours d'un bon conseil : il lui recommanda de ne pas se rendre chez le commissaire de quartier, car même s'il pouvait se faire que ce dernier, soucieux d'être bien vu de ses chefs, retrouvât finalement le manteau, le vêtement n'en resterait pas moins à la police, tant que lui, ne fournirait pas la preuve qu'il en était le légitime propriétaire ; mieux valait donc s'adresser à une *figure de poids*, laquelle, après s'être mise en rapport par voie écrite et orale avec qui de droit, pourrait donner à l'affaire un tour plus favorable. En désespoir de cause, Akaki Akakievitch se résolut donc à aller trouver cette *figure de poids*. Quelle était précisément la fonction de la *figure* et en quoi consistait-elle, nul ne l'a élucidé à ce jour. Il faut savoir que cette *figure de poids* ne l'était devenue que tout récemment et que son précédent poids était insignifiant. Au demeurant, sa situation actuelle ne lui en conférait guère plus, comparée à celle de certaines personnes qui pesaient autrement lourd. Mais il se trouvera toujours une catégorie de gens pour lesquels ce qui n'a aucun poids aux yeux d'autrui en représente déjà pour eux. Au demeurant, le fonctionnaire qui nous occupe s'attachait de mille manières à peser plus encore, notamment : il avait décrété l'obligation, pour le personnel subalterne, de l'accueillir dans l'escalier, lorsqu'il arrivait au bureau ; l'interdiction de paraître chez lui sans respecter la procédure la plus stricte : le registrateur de collège devait en référer au secrétaire de province, le secrétaire de province au conseiller titulaire ou à tout autre fonctionnaire habilité, et ainsi, en remontant la chaîne, le dossier finissait par lui parvenir. Chacun, dans notre sainte Russie, copie et singe son supérieur, tant il est vrai que l'esprit d'imitation a tout contaminé, chez nous. On prétend même, que tel conseiller titulaire qui avait été nommé chef d'une petite chancellerie isolée, s'était aussitôt aménagé une pièce à lui, séparée par une cloison, qu'il avait baptisée « cabinet d'audience », postant aux portes des sortes d'huissiers galonnés, à col rouge, lesquels en saisissaient la poignée et ouvraient au moindre visiteur, bien que le « cabinet d'audience » logeât à grand-peine une simple table de travail. Les manières et les pratiques de la *figure de poids* étaient imposantes et nobles, mais elles tenaient en peu de mots. Le grand fondement de son système était la sévérité. « De la sévérité, encore et toujours de la sévérité ! » avait accoutumé de dire la *figure*, en fixant d'ordinaire, à ce dernier mot, son interlocuteur, bien qu'il n'y eût pas de raison, la dizaine de fonctionnaires qui constituaient la machine gouvernementale de son bureau, étant dûment terrorisée sans cela : l'apercevant de loin, tous laissaient leurs occupations et attendaient, au garde-à-vous, que le chef eût traversé la pièce. Ses entretiens avec les subalternes étaient le plus souvent marqués au coin de cette sévérité et se limitaient quasiment à trois phrases : « Comment osez-vous ? Savez-vous à qui vous parlez ? Comprenez-vous à qui vous avez affaire ? » Au demeurant, l'homme était foncièrement brave, affable avec ses camarades, et obligeant. Simplement, son grade de général lui avait tourné la tête. Sa promotion l'avait désorienté, elle lui avait fait perdre pied et il ne savait plus quelle contenance adopter. Lorsqu'il lui arrivait d'être avec ses égaux, il restait un homme comme il faut, convenable, voire, à bien des égards, pas bête du tout ; mais, dès qu'il se trouvait dans la compagnie d'hommes qui lui étaient inférieurs, ne fût-ce que d'un grade, il n'y avait plus moyen : il n'ouvrait pas la bouche et sa situation suscitait la pitié, d'autant qu'il sentait lui-même qu'il eût pu passer le temps mille fois plus agréablement. On voyait parfois dans ses yeux un vif désir de se joindre à telle intéressante conversation ou cercle ; toutefois, une pensée l'arrêtait : ne serait-ce pas trop de sa part, ne serait-ce point familier et n'y perdrait-il de son poids ? À force de raisonnements de la sorte, il se cantonnait dans un éternel silence, se bornant à lâcher, ici ou là, quelques monosyllabes, ce qui lui assura le titre de parfait bonnet de nuit.

    C'est donc à cette *figure de poids* que se présenta notre Akaki Akakievitch ; or, il se présenta au moment le moins propice, le plus inopportun pour lui, bien que parfaitement opportun pour la *figure de poids*. La *figure* se trouvait dans son cabinet, en grande et fort joyeuse conversation avec un de ses vieux amis et camarades d'enfance, qui venait d'arriver ; ils ne s'étaient pas vus depuis plusieurs années. On lui annonça donc qu'un certain Bachmatchkine demandait à être reçu. La *figure* s'enquit d'un ton brusque : « Qui est-ce ? » On répondit : « Un fonctionnaire. — Alors, ça peut attendre, j'ai autre chose à faire. » Il nous faut dire, ici, que la *figure de poids* en avait bel et bien menti : elle n'avait rien d'autre à faire, ayant, avec son ami, depuis un bon moment déjà, épuisé les sujets de conversation ; leurs échanges étaient ponctués de longs silences, les deux hommes se bornant, pour l'essentiel, à se tapoter mutuellement les cuisses, en ajoutant ce commentaire : « C'est comme ça, Ivan Abramovitch ! — Hé oui, Stepan Varlamovitch ! » Et, malgré tout, la *figure de poids* enjoignit de faire patienter le fonctionnaire, à seule fin de montrer à son ami, qui ne servait plus depuis belle lurette et vivait retiré au fond de sa campagne, combien de temps on pouvait rester à attendre dans son antichambre. Enfin, quand ils eurent devisé et, plus encore, quand ils se furent tu tout leur saoul et eurent dégusté un cigare dans de confortables fauteuils à dossier inclinable, la *figure de poids* parut soudain se rappeler quelque chose et dit au secrétaire, debout à la porte, tenant à la main des documents à lui soumettre : « Il y a là, si je ne m'abuse, un fonctionnaire. Dites-lui qu'il peut entrer. » En voyant l'humble aspect d'Akaki Akakievitch et son uniforme vieillot, la *figure de poids* s'adressa à lui en ces termes : « Que désirez-vous ? », de ce ton brusque et sans appel auquel elle s'était exercée tout exprès, dans la solitude de sa chambre, devant sa glace, une semaine avant d'être nommée à son poste, avec rang de général. Akaki Akakievitch, dûment intimidé par avance, se troubla quelque peu et, comme il put, autant que le lui permettaient ses facultés d'élocution, exposa, en ajoutant plus fréquemment que de coutume ses fameux « euh... », que, voilà, il avait un manteau tout neuf, qu'on le lui avait volé de la plus inhumaine façon et qu'il s'adressait présentement à la *figure* pour, par son entremise, voilà, euh, d'une façon ou d'une autre... prendre langue avec Monsieur le Préfet de Police ou qui que ce fût, afin de retrouver la chose. On ne sait pourquoi, cette adresse parut au général, marquée au coin de la familiarité. « Voyons, cher monsieur, reprit-il avec brusquerie, ignoreriez-vous les usages ? Où vous croyez-vous donc ? Ne savez-vous point comment il faut procéder ? Vous eussiez dû, d'abord, déposer une requête à ma chancellerie ; elle fût allée au chef de bureau, puis au chef de division qui l'eût transmise au secrétaire, lequel m'en eût ensuite avisé...

— Mais, Votre Excellence, dit Akaki Akakievitch, jetant dans la balance l'ultime pincée de présence d'esprit qui lui restait encore et sentant la sueur l'inonder de la plus atroce façon, si j'ai eu l'audace d'importuner Votre Excellence, c'est que les secrétaires, euh... ne sont pas des gens sûrs...

— Comment, comment ? s'exclama la *figure de poids*, d'où vous vient pareille insolence ? D'où tenez-vous de telles idées ? Quelle est cette insubordination qui gagne la jeunesse, à l'encontre des chefs et des supérieurs ? » La *figure de poids* ne parut pas remarquer qu'Akaki Akakievitch avait passé la cinquantaine. Si on pouvait, à la rigueur, le qualifier de jeune homme, ce n'était que relativement aux vieillards de soixante-dix ans. « Savez-vous à qui vous parlez ? Comprenez-vous à qui vous avez affaire ? Le comprenez-vous ? Le comprenez-vous, je vous le demande ? ! » Là-dessus, le général tapa du pied, haussant la voix jusqu'à une note si aiguë qu'elle en eût terrifié de moins impressionnables. Akaki Akakievitch fut glacé d'effroi, il vacilla, tremblant de tout son corps, ne tenant plus sur ses jambes et, si les huissiers n'étaient accourus sur-le-champ pour le soutenir, il se fût proprement cassé la figure ; on l'emporta, à peu près inerte. Savourant que l'effet produit eût dépassé toutes les attentes, exultant à l'idée que sa parole pouvait priver un homme de sentiment et lorgnant du coin de l'œil comment son ami voyait la chose, la *figure de poids* observa non sans plaisir que celui-ci était dans un drôle d'état et commençait lui-même à avoir peur.

Comment Akaki Akakievitch descendit-il l'escalier pour se retrouver dans la rue, il n'en garda aucun souvenir. Il ne sentait plus ni ses bras ni ses jambes. Jamais de sa vie il n'avait encore été aussi vertement tancé par un général, dont il ne dépendait point, qui plus est. Il cheminait, bouche bée, quittant sans cesse le trottoir, pris dans la tourmente qui balayait les rues, en sifflant ; selon l'habitude pétersbourgeoise, le vent soufflait de toutes parts, de la moindre ruelle. En un clin d'œil, il eut la gorge prise et, quand il se retrouva enfin chez lui, il n'était pas en état de prononcer un mot ; il était tout enflé et il s'alita. Si grand est parfois l'effet d'un savon dûment administré ! Le lendemain, une forte fièvre se déclara. Grâce au généreux concours du climat de Pétersbourg, la maladie évolua plus rapidement que l'on eût pu s'y attendre et, quand le médecin fut là et qu'il lui eut pris le pouls, il ne trouva rien d'autre à faire que de prescrire un cataplasme, et encore, uniquement pour ne pas laisser le malade sans le bienfaisant secours de la médecine ; il lui prédit, au demeurant, séance tenante, que dans les trente-six heures au plus, il serait définitivement *kaput*. Après quoi, il se tourna vers la logeuse et déclara : « Quant à vous, la mère, ne perdez pas inutilement votre temps, commandez-lui tout de suite un cercueil en sapin, parce que le chêne sera trop cher pour lui. » Akaki Akakievitch entendit-il ces funestes paroles et, s'il les entendit, en fut-il secoué et regretta-t-il d'avoir mené cette existence de pauvre hère, nul ne saurait le dire, car il fut constamment en proie au délire et à la fièvre. Des apparitions, les unes plus étranges que les autres, ne cessaient de le hanter : tantôt, il voyait Petrovitch et lui commandait un manteau avec des chausse-trappes pour les voleurs qu'il croyait, en permanence, cachés sous son lit, conviant même, à chaque instant, la logeuse à en chasser un de sous sa couverture ; tantôt, il demandait pourquoi sa vieille capote était suspendue devant lui, alors qu'il possédait un manteau neuf ; tantôt, il se voyait, dûment chapitré, devant le général, à répéter : « Faites excuse, Votre Excellence ! » ; tantôt, pour finir, il blasphémait affreusement, proférant les plus noires abominations, au point que la vieille logeuse se signait, n'ayant, de sa vie, entendu rien de tel de sa bouche, surtout que ces mots venaient immédiatement après : « Votre Excellence ». Son discours fut ensuite parfaitement incohérent, de sorte qu'on n'y comprit plus rien ; on voyait simplement que ses propos désordonnés, et ses pensées, tournaient autour du seul et unique manteau. Enfin, le malheureux Akaki Akakievitch rendit le dernier soupir. On ne mit sous scellés ni sa chambre ni ses affaires, d'abord parce qu'il n'avait pas d'héritier, ensuite parce que l'héritage qu'il laissait était bien maigre, à savoir : un petit bouquet de plumes d'oie, une main de papier-ministre, trois paires de chaussettes, deux ou trois boutons tombés de ses pantalons et la capote bien connue du lecteur. Dieu seul sait à qui tout cela échut : le narrateur de cette histoire, je le confesse, ne s'en est pas soucié. Akaki Akakievitch fut porté en terre. Et Pétersbourg demeura sans lui, comme s'il n'y avait jamais existé. Ainsi disparut pour toujours un être que nul ne protégeait, que nul ne chérissait, qui n'intéressait personne et n'avait pas même éveillé l'attention d'un de ces naturalistes qui ne manquent pourtant jamais d'épingler une simple mouche pour l'observer au microscope ; un être qui avait docilement subi les quolibets de ses collègues et était descendu dans la tombe sans avoir rien accompli d'extraordinaire, mais pour lequel, malgré tout, juste vers la fin de sa vie, avait brillé, fugace, une vision radieuse sous forme de manteau, éclairant un instant sa triste condition, avant que le malheur ne s'abattît sur lui, aussi insupportablement qu'il frappe les tsars et tous les grands de ce monde... Quelques jours après son trépas, un huissier du ministère fut envoyé à son domicile pour lui intimer l'ordre de reprendre sans délai son service : le chef l'exigeait ! L'huissier, néanmoins, dut s'en repartir bredouille et rapporter qu'il ne reviendrait pas ; quand on lui demanda pourquoi, il répondit ceci : « Dame, parce qu'il est mort et enterré depuis trois jours ! » C'est ainsi qu'on apprit, au ministère, le décès d'Akaki Akakievitch. Dès le lendemain, un nouveau fonctionnaire occupait sa place, beaucoup plus grand que lui, et qui n'alignait pas ses lettres d'une écriture aussi droite, mais autrement plus inclinée et penchée.

Qui eût pu, cependant, imaginer que ce n'était pas tout pour Akaki Akakievitch et qu'il lui échoirait de vivre, après sa mort, quelques tapageuses journées, en récompense, sans doute, de son existence passée inaperçue ? Il en fut pourtant ainsi et notre pauvre histoire prend donc, sur la fin, un tour fantastique imprévu. Le bruit courut soudain, à Pétersbourg, qu'au pont Kalinkine et bien au-delà, un mort apparaissait, la nuit, sous la forme d'un fonctionnaire qui cherchait un manteau qu'on lui avait volé et en prenait prétexte pour arracher à toutes les épaules, sans distinction de grade ni de rang, les manteaux les plus divers, doublés de chat, de castor, d'ouate, aussi bien que les pelisses de raton, de renard, d'ours, bref, tout ce que l'homme a inventé, en fait de fourrure et de peau, pour couvrir la sienne propre. Un fonctionnaire du ministère avait vu de ses yeux le revenant et aussitôt reconnu Akaki Akakievitch ; il en avait toutefois conçu une telle frayeur qu'il avait pris ses jambes à son cou et n'avait donc pas pu l'examiner à loisir ; il avait seulement noté que l'autre, de loin, le menaçait du doigt. De toutes parts, les plaintes ne cessaient d'affluer à propos de dos et d'épaules de conseillers titulaires, voire de conseillers secrets, ayant risqué le refroidissement, subséquemment au fait qu'on leur avait arraché, nuitamment, leur manteau. La police reçut l'ordre de s'emparer coûte que coûte du fantôme, de le capturer mort ou vif, et de lui infliger un châtiment implacable, exemplaire. On faillit bien y réussir. Ce fut une sentinelle, dans la ruelle Kiriouchkine, qui lui mit en effet le grappin dessus, sur le lieu même de son forfait, alors qu'il tentait de subtiliser le manteau de frise d'un musicien à la retraite, lequel, à une époque, sifflotait sur une flûte. Il le saisit donc au collet et héla deux camarades, leur confiant de le tenir solidement, tandis qu'il fouillait un instant sa botte afin d'en retirer sa tabatière et de revigorer son nez qu'il avait eu, précisons-le, six fois gelé au cours de son existence. Le tabac, cependant, devait être de cette sorte que même un spectre ne saurait supporter. La sentinelle n'eut pas le temps, un doigt bouchant sa narine droite, de s'envoyer une demi-pincée dans la gauche, que le mort éternua violemment, projetant des éclaboussures qui aveuglèrent les trois hommes. Tandis qu'ils portaient leurs poings à leurs yeux pour les frotter, le fantôme leur faussa si bien compagnie qu'ils ne surent plus s'ils l'avaient eu entre les mains. À compter de ce jour, les sentinelles en conçurent un tel effroi des morts qu'elles redoutèrent même de s'en prendre aux vivants, se bornant à crier, ici ou là, de loin : « Hé, toi, passe ton chemin ! » Cependant, le fonctionnaire fantôme en venait à hanter l'autre bout du pont Kalinkine, inspirant une peur bleue à tous les gens craintifs. Nous avons toutefois délaissé la *figure de poids*, pourtant la véritable cause, ou peu s'en faut, de la fantastique tournure prise par cette histoire, au demeurant parfaitement véridique. Mais, avant toute chose, le devoir de justice nous oblige à dire qu'après le départ de l'infortuné Akaki Akakievitch, si vertement tancé, la *figure de poids* n'avait pas tardé à éprouver quelque chose qui ressemblait à des regrets. La compassion ne lui était pas étrangère et son cœur était accessible à nombre de bons mouvements, bien que son grade les empêchât, souventes fois, de se manifester. À peine l'ami de passage eut-il quitté son cabinet que la *figure de poids* se mit à songer au pauvre Akaki Akakievitch. Dès lors, il ne se passa presque pas de jour qu'il ne lui apparût, blême, incapable de soutenir un savon administré de main de maître. La pensée de ce malheureux inquiétait à ce point notre général qu'au bout d'une semaine, il résolut de lui dépêcher un de ses fonctionnaires pour savoir ce qu'il en était et si l'on pouvait, en effet, l'aider de quelque façon. Et, quand il lui fut rapporté qu'Akaki Akakievitch avait succombé à un subit accès de fièvre, il resta interdit, éprouva du remords et fut, toute la journée, de fort méchante humeur. Souhaitant se distraire et tenter d'oublier ces pénibles impressions, il se rendit à la soirée que donnait un de ses amis. Il y trouva une société choisie et, surtout, presque entièrement composée de gens de même rang que lui, de sorte que rien ne viendrait le contraindre. Son humeur s'en vit étonnamment changée. Il s'épanouit, se montra aimablement disert, affable, bref, il passa très agréablement le temps. Au souper, il but une ou deux coupes de champagne, un assez bon remède, on le sait, contre les idées noires. Le champagne l'inclina à quelques excentricités, à savoir qu'au lieu de rentrer directement chez lui, il résolut de passer chez une dame de sa connaissance, Caroline Ivanovna, d'origine, semble-t-il, allemande, envers laquelle il nourrissait des sentiments d'amitié pure. Il faut dire que notre homme n'était plus de première jeunesse et qu'il était, au demeurant, bon époux et digne père de famille. Ses deux fils, dont l'un servait déjà, et sa charmante fille de seize ans, au nez par trop retroussé mais tout à fait mignon, venaient chaque matin lui baiser la main, en lui disant : « *Bonjour, papa*[1]. » Son épouse, une femme encore fraîche et pas vilaine du tout, lui donnait d'abord sa main à baiser, puis, la tournant dans l'autre sens, baisait la sienne. Mais, en dépit de sa pleine satisfaction des douceurs du foyer, la *figure de poids* jugeait convenable d'entretenir des liens d'amitié avec certaine personne, dans un autre quartier de la ville. Cette personne amie n'était d'ailleurs, en rien, ni mieux ni plus jeune que sa femme... Bah, il est tant d'énigmes en ce monde, ce n'est pas à nous d'en juger ! Donc, la *figure de poids* descendit l'escalier, monta dans son traîneau et dit au cocher : « Chez Caroline Ivanovna ! » Somptueusement emmitouflé dans une chaude pelisse, notre homme demeura dans cet état délicieux, qui pour le Russe est sans égal, où l'on ne pense pas, où les pensées vous viennent d'elles-mêmes, toutes plus délectables les unes que les autres, sans que l'on ait à se mettre en peine de les poursuivre ou de les chercher. Empli d'aise, le général se laissait aller au souvenir des plus joyeux moments de la soirée, il retrouvait tous les bons mots qui avaient tant diverti son petit cercle, se répétait nombre d'entre eux à mi-voix, les jugeant toujours aussi drôles – quoi de plus normal qu'il en eût ri de si bon cœur ? De temps à autre, cependant, il était importuné par des rafales de vent, qui, soufflant soudain Dieu savait d'où et pour un motif inconnu, lui lacéraient la figure, y projetant des paquets de neige, gonflant, telle une voile, le col de son manteau ou, avec une force surnaturelle, le lui rabattant brusquement sur la tête, le contraignant ainsi à des efforts sans fin pour s'en dégager. Tout à coup, la *figure de poids* sentit une poigne des plus solides l'agripper au collet. Tournant la tête, le général remarqua un homme de petite taille, portant un vieil uniforme râpé, dans lequel il reconnut, non sans effroi,

---

1. En français dans le texte *(NdT)*.

Akaki Akakievitch. Le fonctionnaire avait le visage blanc comme neige et offrait la vision d'un parfait cadavre. Toutefois, la terreur du général ne connut plus de bornes, lorsqu'il vit se tordre la bouche du mort et que, soufflant sur lui une effroyable odeur de tombe, celui-ci lui tint ce discours : « Ah, te voilà donc enfin ! Enfin, je te... euh... je t'attrape au collet ! C'est ton manteau qu'il me faut ! Tu ne t'es pas soucié du mien, tu m'as même savonné la tête, eh bien, maintenant, donne-moi le tien ! » Le malheureux général faillit mourir. Bien qu'il fît preuve de caractère dans sa chancellerie et, plus largement, devant ses inférieurs, bien qu'il suffît de percevoir sa mâle assurance et sa physionomie pour que chacun s'exclamât : « ho-ho, quel caractère ! », il éprouva ici, à l'instar de tant d'autres aux allures de preux sans peur et sans reproche, une telle épouvante qu'il craignit, non sans raison, d'avoir sur-le-champ une attaque. Il se défit lui-même au plus vite de son manteau et cria au cocher d'une voix méconnaissable : « À la maison, et au triple galop ! » En entendant cette voix, réservée d'ordinaire aux instants décisifs, et qui, généralement, s'accompagnait de voies de fait, le cocher rentra à tout hasard la tête dans les épaules, brandit son fouet et partit comme une flèche. Quelque six minutes plus tard ou à peine plus, la *figure de poids* se retrouvait à sa porte. Blême, terrorisé et sans manteau, le général regagna donc ses pénates au lieu de rendre visite à Caroline Ivanovna, et se traîna comme il put jusqu'à ses appartements où il eut une nuit si agitée que, le lendemain, au thé du matin, sa fille lui déclara tout à trac : « Tu es vraiment très pâle, aujourd'hui, papa. » Or, papa resta muet, il ne souffla mot à quiconque de ce qui lui était arrivé, ne dit ni où il s'était rendu ni où il comptait aller. Cet événement lui fit si grande impression qu'on l'entendit, dès lors, beaucoup plus rarement lancer à ses subordonnés : « Comment osez-vous ? Comprenez-vous à qui vous avez affaire ? » Du moins n'en usait-il plus, avant d'avoir écouté jusqu'au bout de quoi il retournait. Mais le plus remarquable, à compter de ce jour, est que les apparitions du fonctionnaire fantôme cessèrent complètement : visiblement, le manteau de la *figure de poids* était à sa mesure. En tout cas, nul n'entendit plus parler de manteaux volés. Au demeurant, nombreux furent ceux qui, agités et remuants, refusèrent obstinément de se tranquilliser, continuant à prétendre que, dans les quartiers éloignés de la ville, le fonctionnaire fantôme persistait à montrer le nez. Et, en effet, une sentinelle de Kolomna[1] vit de ses propres yeux un spectre surgir au détour d'une habitation ; toutefois, étant de constitution débile, au point qu'un jour, un simple goret, déboulant d'une maison, l'avait mis les quatre fers en l'air, déclenchant les rires homériques des cochers alentour, qu'il rançonna ensuite d'un sou par quolibet pour s'acheter du tabac... étant, donc, de constitution débile, il n'osa pas appréhender la vision, se bornant à la suivre dans l'obscurité, jusqu'à ce qu'elle fît une brusque volte-face et, s'immobilisant, s'enquît : « Qu'est-ce que tu me veux ? » en exhibant un poing dont on n'eût certes pas trouvé le pareil chez les vivants. « Rien », répondit la sentinelle qui tourna aussitôt les talons. Ce fantôme, cependant, était beaucoup plus grand, il arborait d'énormes moustaches et, dirigeant ses pas, semble-t-il, vers le pont Oboukhov, il s'évanouit complètement dans l'obscurité de la nuit.

---

1. Quartier pauvre de Saint-Pétersbourg *(NdT)*.

Le nez

I

Ce 25 mars survint à Pétersbourg un événement des plus curieux. Le barbier Ivan Iakovlevitch, sis perspective de l'Ascension (son nom de famille s'est perdu et sur son enseigne figure simplement un monsieur à la joue barbouillée de savon, avec cette inscription : « On pratique aussi la saignée »), le barbier Ivan Iakovlevitch, donc, se réveilla d'assez bon matin et sentit une odeur de pain chaud. Se soulevant dans son lit, il vit que son épouse, dame plutôt respectable, qui raffolait du café, retirait du four des pains qu'elle venait de cuire.

« Aujourd'hui, Praskovia Ossipovna, je ne prendrai pas de café, dit Ivan Iakovlevitch. À la place, je mangerais bien du pain chaud avec de l'oignon. » (Pour être franc, Ivan Iakovlevitch aurait aimé l'un et l'autre, mais il savait qu'il était impossible de réclamer les deux à la fois : Praskovia Ossipovna ne tolérait pas ces caprices.) « Que cet idiot mange du pain si ça lui chante ! se dit-elle *in petto*. Tant mieux pour moi, ça me fera plus de café. » Et elle jeta un des pains sur la table.

Pour respecter les convenances, Ivan Iakovlevitch passa son habit par-dessus sa chemise de nuit et, s'asseyant à la table, prit du sel, éplucha deux têtes d'oignon, empoigna son couteau, puis, la mine grave, entreprit de couper le pain. L'ayant partagé en deux, il jeta un coup d'œil à l'intérieur et, surpris, y vit une chose blanchâtre. Ivan Iakovlevitch gratta prudemment du couteau, tâta : « Compact, on dirait ? pensa-t-il. Qu'est-ce que ça peut bien être ? »

Il finit par y fourrer les doigts et retira... un nez ! Les bras lui en tombèrent littéralement ; il se frotta les yeux, palpa : il n'y avait pas à tortiller, c'était un nez ! Pis : un nez de connaissance. L'effroi se peignit sur le visage d'Ivan Iakovlevitch. Mais cet effroi n'était rien en regard de l'indignation qui s'empara de son épouse.

« Ce nez, où que t'es allé le couper, animal ? hurla-t-elle, furibonde. Canaille ! Ivrogne ! Je te dénoncerai moi-même à la police, brigand ! Trois, déjà, que j'ai entendus dire que tu leur tirailles tellement le nez, en leur faisant la barbe, qu'un jour il te restera dans la main ! »

Ivan Iakovlevitch, cependant, était plus mort que vif. Il venait d'identifier formellement le nez : c'était celui de l'assesseur de collège Kovaliov, qu'il rasait le mercredi et le dimanche.

« Attends, Praskovia Ossipovna ! Je vais le mettre dans un coin, un petit moment, bien enveloppé dans un chiffon ; ensuite, je l'emporterai.

— Je ne veux pas en entendre parler ! Que je permette à un nez coupé de traîner chez moi ?... Espèce de vieux croûton rassis ! Tout juste bon à promener son coupe-chou sur le cuir, et bientôt même plus capable de remplir ses obligations, ce pétasson, ce gredin ! Que j'aie à répondre de toi devant la police ?... Ah, misère de saligaud, bête comme tes pieds ! Fiche-moi ça dehors, ouste ! Emporte-le où tu veux, je ne veux pas le savoir ! »

Ivan Iakovlevitch était, véritablement, comme anéanti. Il avait beau réfléchir, il ne savait que penser. « Comment diable est-ce que ça a pu arriver ? » déclara-t-il enfin en se grattant derrière l'oreille. Est-ce que je serais rentré soûl, hier ? Je ne jurerais pas du contraire. Et puis, tout semblerait indiquer que j'aie la berlue : parce que le pain c'est cuit, alors qu'un nez c'est cru. Va-t-en y comprendre quelque chose !... » Ivan Iakovlevitch n'ajouta rien. La simple pensée que la police risquait de dénicher le nez chez lui et de lui faire porter le chapeau, le laissait hébété. Il avait déjà la vision d'un col pourpre, joliment brodé d'argent, d'une épée... et il tremblait de tout son corps. Il sortit enfin son linge de dessous et ses bottes, enfila cette camelote, puis, sous les rudes imprécations de Praskovia Ossipovna, enveloppa le nez dans un chiffon et s'en fut.

Il avait l'intention de le fourrer quelque part, dans une borne de portail, par exemple, ou de le laisser tomber comme par mégarde et de bifurquer aussitôt dans une ruelle. Hélas, il ne cessait de croiser des gens de connaissance qui y allaient aussitôt de leur petite enquête : « Où on s'en va, comme ça ? » ou bien « Et qui donc veut qu'on lui fasse la barbe de si bon matin ? », de sorte qu'Ivan Iakovlevitch ne parvenait pas à saisir l'instant propice. À un moment, pourtant, il lâcha l'objet mais, de loin, une sentinelle le lui indiqua de sa hallebarde, en ajoutant : « Ramasse ! Là ! Tu as perdu quelque chose ! » Et Ivan Iakovlevitch se vit contraint de récupérer le nez, puis de le cacher dans sa poche. Il était au désespoir, d'autant qu'il y avait de plus en plus de monde dans la rue, au fur et à mesure qu'ouvraient magasins et boutiques.

Il décida d'aller au pont Saint-Isaac : peut-être qu'il arriverait à le jeter dans la Neva ?... Cependant, je suis quelque peu coupable de n'avoir encore rien dit d'Ivan Iakovlevitch, un homme estimable à bien des égards.

Comme tout artisan russe qui se respecte, Ivan Iakovlevitch était un ivrogne fieffé. Et, bien qu'il rasât quotidiennement les mentons des autres, le sien était perpétuellement négligé. L'habit d'Ivan Iakovlevitch (il ne portait jamais la redingote) était pie, ce qui revient à dire qu'il était noir mais tout pommelé de jaune marronnasse et de gris ; le col en était lustré et, en place des trois boutons, ne pendouillaient que des fils. Ivan Iakovlevitch était un grand cynique, et quand l'assesseur de collège Kovaliov lui disait, presque à chaque fois qu'il le rasait : « Tu as tout le temps les mains qui puent, Ivan Iakovlevitch », ce dernier lui répondait par une question : « Et pourquoi elles pueraient, mes mains ? — Je l'ignore, mon vieux, reprenait l'assesseur de collège, le fait est qu'elles puent. » Alors, Ivan Iakovlevitch prisait et, pour le compte, le savonnait copieusement, sur la joue, sous le nez, derrière l'oreille et sous le menton, bref, partout où cela lui chantait.

Donc, cet estimable citoyen se trouvait présentement au pont Saint-Isaac. Il commença par inspecter soigneusement les alentours ; puis il se pencha sur le parapet, affectant de regarder s'il y avait du poisson dans le coin, et jeta subrepticement le nez dans son chiffon. Ce fut comme si, d'un coup, ses épaules se délestaient de dix pouds[1]. Ivan Iakovlevitch eut même un petit rire. Et, au lieu d'aller de ce pas raser les mentons fonctionnaires, il voulut se diriger vers un établissement à l'enseigne « Thé et manger », s'offrir un verre de punch, lorsqu'il remarqua soudain, au bout du pont, un inspecteur de quartier, de belle prestance, doté de larges favoris, d'un tricorne et d'une épée. Il se figea sur place, cependant que l'inspecteur lui faisait signe du doigt en disant : « Viens voir un peu ici, mon cher ! »

Ivan Iakovlevitch connaissait les usages : de loin, il ôta sa casquette et, s'approchant prestement, débita : « Je vous souhaite le bonjour, Votre Noblesse ! »

— Non, non, mon vieux, laisse tomber la "Noblesse" ! Dis-moi plutôt ce que tu fabriquais sur ce pont ?

— Je vous jure, Monsieur, que j'allais faire des barbes ; je regardais juste s'il y avait beaucoup de courant.

— Tu mens, je le vois bien ! Tu ne t'en tireras pas comme ça. Aie l'obligeance de me répondre !

---

1. Ancienne mesure de poids, en vigueur jusqu'à la révolution, équivalant à 16,4 kg.

— Je suis prêt à raser sans barguigner Votre Grâce deux fois la semaine ou même trois, répondit Ivan Iakovlevitch.

— Non, l'ami, balivernes ! J'ai déjà trois barbiers qui me rasent et qui le tiennent en plus pour un honneur. Fais-moi plutôt la grâce de me raconter ce que tu traficotais. »

Ivan Iakovlevitch blêmit... Mais ici, toute l'affaire se voile de brume, et quant à ce qui s'ensuivit, nul ne l'a jamais su.

II

L'assesseur de collège Kovaliov se réveilla d'assez bon matin et, des lèvres, fit « brrr... » ; c'était une habitude qu'il avait au réveil, bien qu'il eût été incapable d'en expliquer le motif. Kovaliov s'étira et réclama le petit miroir posé sur la table. Il voulait jeter un coup d'œil à un bouton qui, la veille au soir, lui avait surgi sur le nez ; or, à son immense stupéfaction, il vit qu'il avait, en place de nez, un espace absolument lisse ! Effrayé, Kovaliov se fit apporter de l'eau et se frotta les yeux à l'aide d'une serviette : c'était bien cela, il n'avait pas de nez ! Il se palpa pour être sûr qu'il ne dormait pas. Apparemment, non. L'assesseur de collège Kovaliov bondit de son lit, s'ébroua : toujours pas de nez !... Il demanda son habit et vola littéralement chez le préfet de police.

Il nous faut toutefois dire quelques mots de Kovaliov, afin que le lecteur puisse voir de quelle sorte était cet assesseur de collège. On ne saurait comparer les assesseurs auxquels de savants diplômes confèrent ce titre, à ceux qui le sont devenus au Caucase. Ce sont là deux espèces parfaitement différentes... Mais la Russie est un pays des merveilles, à telle enseigne que si l'on dit quoi que ce soit d'un assesseur de collège, tous les autres, de

Riga au Kamtchatka, le prendront à leur compte. Et il en va de même pour tous les grades et rangs. Kovaliov était de l'espèce caucasienne. Il n'avait son titre que depuis deux ans, aussi ne pouvait-il l'oublier un seul instant. Et, pour se conférer plus de noblesse et plus de poids, il ne se présentait jamais comme simple assesseur de collège mais se donnait du « major ». « Écoute voir, mon petit lapin, avait-il coutume de dire, en croisant dans la rue une marchande de plastrons, fais-moi donc une visite à domicile. Je loge sur la Sadovaïa. Tu n'auras qu'à demander : est-ce bien ici qu'habite le major Kovaliov ? N'importe qui te renseignera. » Et s'il venait à en rencontrer une plutôt mignonnette, il lui glissait en sus quelque secrète injonction, ajoutant : « Tu demanderas, mon petit cœur, l'appartement du major Kovaliov. » Aussi, à notre tour, donnerons-nous dorénavant du major à cet assesseur de collège.

Le major Kovaliov avait accoutumé d'aller, chaque jour, à la promenade sur la perspective Nevski. Le col de son plastron était toujours extraordinairement propre et empesé. Ses favoris étaient de ceux que l'on voit encore aujourd'hui aux arpenteurs de province et de district, aux architectes, aux médecins-majors, ainsi qu'à des individus remplissant diverses fonctions de police, bref, à tous ces grands hommes aux bonnes joues et au teint vermeil, pour lesquels le boston n'a pas de secret : ces favoris-là vous descendent jusqu'au milieu de la joue, pour filer ensuite en ligne droite vers le nez. Le major Kovaliov arborait toujours quantité de cachets en cornaline, dont certains armoriés et d'autres portant l'inscription : mercredi, jeudi, lundi et la suite. Le major Kovaliov était venu à Pétersbourg par nécessité, afin de se chercher une place qui eût convenu à son grade : au mieux, un poste de vice-gouverneur ou, à défaut, de responsable du personnel dans quelque ministère en vue. Le major Kovaliov n'avait rien contre l'idée de prendre femme mais à la seule condition que l'élue eût derrière elle deux cent mille roubles de capital. Le lecteur est donc à même de juger, à présent, dans quelle situation se retrouva le major lorsqu'il se vit sur la figure, à la place de son nez pas mal tourné, ma foi, un très stupide espace lisse et plat.

Comme par un fait exprès, aucun fiacre ne se montrait dans la rue. Il fut contraint d'aller à pied, emmitouflé dans son manteau, le visage masqué d'un mouchoir, feignant de saigner du nez. « N'aurais-je pas la berlue ? se demandait-il néanmoins. Un nez ne peut certes fausser compagnie de pareille façon. » Et il entra dans un salon de thé, rien que pour se voir dans une glace. Par bonheur, il n'y avait personne : les garçons balayaient les salles et disposaient les chaises ; certains, l'œil endormi, apportaient des plateaux de petits pâtés tout chauds. Sur les tables et les chaises traînaient, maculés de café, les journaux de la veille. « Dieu merci, c'est désert ! lâcha Kovaliov. On va pouvoir jeter un nouveau coup d'œil. » Il s'approcha timidement d'une glace et regarda : « Quelle abomination du diable ! lança-t-il, en crachant de dégoût... Si, au moins, j'avais quelque chose à la place ! Mais, rien de rien !... »

Se mordant les lèvres de dépit, il quitta le salon de thé et résolut, contre son habitude, de n'adresser ni un regard ni un sourire à quiconque. Soudain, il se figea, comme pétrifié, près des portes d'une maison. Là, sous ses yeux, se déroulait un phénomène inexplicable : un landau venait de s'arrêter à l'entrée, les portières s'ouvrirent et, tête baissée, un monsieur en uniforme en bondit, qui grimpa quatre à quatre les marches. Quels ne furent point, tout à la fois, l'effroi et la stupeur de Kovaliov, lorsqu'il s'avisa que ce monsieur était... son propre nez ! À ce spectacle pour le moins extravagant, il lui sembla que tout basculait devant lui ; il sentait qu'il tenait à peine sur ses jambes mais décida pourtant, tremblant de tout le corps comme s'il avait la fièvre, d'attendre coûte que coûte le retour du personnage. Deux minutes plus tard, le nez ressortait en effet. Son uniforme était chamarré d'or, avec un grand col droit ; il portait des pantalons de daim et avait l'épée au côté. Au plumet de son chapeau, on devinait qu'il avait rang de conseiller d'État. Tout indiquait qu'il faisait des visites. Il regarda de droite et de gauche, cria au cocher : « Ma voiture ! », monta et s'en fut.

Le pauvre Kovaliov faillit en perdre la raison. Il ne savait que penser d'un si étrange événement. Comment était-il possible, en effet, qu'un nez qui, hier encore, était au milieu de sa figure et ne pouvait se déplacer ni à pied ni à cheval, se retrouvât en uniforme ? Il courut derrière le landau qui, par bonheur, n'alla pas très loin et s'arrêta devant la cathédrale de Kazan.

Kovaliov se hâta de gagner le sanctuaire ; il se fraya un chemin à travers une file de vieilles mendiantes, aux visages entortillés dans des foulards, avec deux trous pour les yeux, dont il se gaussait tant jusque-là, et entra. Les fidèles étaient peu nombreux ; tous se tenaient près des portes. Kovaliov se sentait si désemparé qu'il était incapable de prier et ne cessait de chercher du regard le monsieur dans tous les coins. Il l'aperçut enfin, un peu à l'écart. Le nez dissimulait complètement son visage dans son grand col droit et, image même de la piété, faisait ses dévotions.

« Comment l'aborder ? se demandait Kovaliov. Son uniforme, son chapeau, tout montre le conseiller d'État. Comment diable faut-il s'y prendre ? »

Il se mit à toussoter près de lui ; le nez, toutefois, gardait son air dévot et multipliait les enclins.

« Monsieur... commença Kovaliov, se forçant intérieurement à se rependre. Monsieur...

— Que désirez-vous ? répondit le nez en se retournant.

— Je trouve étrange, monsieur... vous devriez, ce me semble... connaître votre place. Or, je vous découvre... et où cela ? À l'église. Convenez...

— Pardonnez-moi, vos aimables propos m'échappent... Expliquez-vous. »

« Comment lui expliquer ? » se dit Kovaliov qui, s'armant de courage, lança : « Certes, je... mais après tout, je suis major. Me promener sans nez, avouez, n'est pas convenable. Qu'une marchande d'oranges pelées sur le pont de la Résurrection puisse s'en passer, soit ! Pour ma part, ayant en vue une place de gouverneur... fréquentant, de surcroît, de nombreuses maisons et connaissant certaines dames : Madame la conseillère d'État Tchekhtariova, et bien d'autres... Jugez vous-même... Je ne sais, Monsieur... (sur ce, le major haussa les épaules...) Veuillez me pardonner, mais... si l'on s'en tient aux règles du devoir et de l'honneur... vous devez comprendre...

— Je n'entends décidément rien à ce que vous me contez là, répondit le nez. Exprimez-vous de façon plus satisfaisante.

— Monsieur... reprit Kovaliov, non sans dignité, je ne sais comment interpréter vos paroles... Tout me paraît ici parfaitement évident... À moins que vous ne vouliez... Car enfin, vous êtes mon nez ! »

Le nez regarda le major et ses sourcils se froncèrent légèrement.

« Vous vous trompez, monsieur, je m'appartiens tout entier. En outre, il ne saurait y avoir entre nous la moindre affinité. À en juger par les boutons de votre uniforme, vous devez servir au Sénat ou, du moins, à la Justice. Je suis, quant à moi, à l'Instruction publique. »

Ayant dit, le nez se détourna et reprit ses dévotions.

Kovaliov se trouva plongé dans la plus extrême confusion, ne sachant que faire ni même que penser. Un délicieux frou-frou de jupons se fit alors entendre : dans un flot de dentelles, une dame d'un certain âge s'avança, accompagnée d'une jeune et menue personne, vêtue d'une robe blanche soulignant de façon charmante sa taille souple, et coiffée d'un chapeau de couleur paille, aussi léger qu'un soufflé. Derrière elles vint se poster un grand heiduque aux épais favoris, portant une bonne douzaine de cols, qui ouvrit une tabatière.

Kovaliov alla vers eux, il redressa le petit col de batiste de son plastron, arrangea ses cachets suspendus à une chaînette d'or et, souriant à la ronde, fixa son attention sur la jeune dame aérienne qui, telle une fleur printanière, s'inclinait, légère, et portait à son front sa blanche main diaphane. Le sourire, sur la face de Kovaliov, s'épanouit davantage encore lorsqu'il aperçut, par-dessous le petit chapeau, un menton rond, éclatant de blancheur, et une moitié de joue, qui avait la nuance d'une rose de mai. Mais il fit soudain un bond de côté, comme s'il s'était brûlé. Il venait de se rappeler qu'en place de nez, il n'avait absolument rien, et les larmes jaillirent de ses yeux. Il se retourna pour dire son fait au monsieur en uniforme qui se prétendait conseiller d'État, à ce coquin, ce gredin qui n'était jamais que son nez... Ce dernier, cependant, avait disparu : il avait eu le temps de partir au galop, sans doute pour quelque autre visite.

Cela mit Kovaliov au désespoir. Il revint sur ses pas et s'attarda un instant sous la colonnade, regardant soigneusement de tous côtés pour le cas où il apercevrait le nez. Il se rappelait fort bien son chapeau à plumet et son uniforme chamarré d'or ; il n'avait toutefois remarqué ni son manteau, ni la couleur de sa voiture, ni la robe de ses chevaux, ni même s'il avait un valet de pied et comment était sa livrée. Il est vrai que les équipages se croisaient, si nombreux et à si vive allure, qu'il était difficile d'en distinguer un seul. D'ailleurs, en admettant qu'il y parvînt, quel moyen aurait-il eu de l'arrêter ? La journée était belle, ensoleillée. Il y avait foule sur la perspective Nevski : une cascade fleurie de dames se déversait sur le trottoir, depuis le pont de la Police jusqu'au pont Anitchkov. Et voici qu'il apercevait un conseiller aulique de sa connaissance, auquel il donnait volontiers du « lieutenant-colonel », surtout en présence de tiers. Là, c'était Iaryjkine, chef de bureau au Sénat, un bon ami qui ne manquait jamais, au boston, de doubler la mise et de se retrouver perdant quand il jouait le huit. Là encore, un autre major, qui avait décroché l'assessorat au Caucase, lui faisait signe de le rejoindre...

« Au diable ! lança Kovaliov. Hep, cocher ! Conduis-moi directement chez le préfet de police. »

Kovaliov monta dans le fiacre et ne cessa plus de crier au conducteur : « Bouchées doubles, malheureux, comme si tu avais le feu aux trousses ! »

« Le préfet de police est-il chez lui ? vociféra-t-il, à peine dans l'antichambre.

— Non pas, répondit le portier. Il sort à l'instant.

— C'est bien ma chance !

— Oui, ajouta l'autre. Ça ne fait pas tellement longtemps. Vous seriez venu une minute plus tôt, vous l'auriez peut-être trouvé. »

Sans retirer le mouchoir de son visage, Kovaliov reprit son fiacre et cria, au désespoir : « Fonce !

— Où ça ? s'enquit le cocher.

— Droit devant.

— Comment ça, droit devant ? ça tourne. Je prends à droite ou à gauche ? »

Cette question arrêta net Kovaliov, le contraignant une nouvelle fois à réfléchir. Dans sa situation, il eût convenu, avant toute autre chose, de se rendre au Tribunal de police ; non que l'affaire fût vraiment de son ressort, mais des décisions pourraient y être prises plus rapidement qu'ailleurs. En outre, il eût été inconsidéré de chercher réparation auprès des autorités que le nez prétendait servir : les propos de l'individu montraient assez qu'à ses yeux, il n'était rien de sacré ; il pouvait encore mentir, ainsi qu'il l'avait déjà fait en affirmant qu'ils ne s'étaient jamais vus. Kovaliov voulut donc se faire transporter au Tribunal de police, quand la pensée lui vint qu'une canaille, un coquin capable de se comporter de façon aussi éhontée que lors de leur première rencontre, risquait fort de mettre à profit le moindre répit pour quitter discrètement la ville. Dans ce cas, toutes les recherches seraient vaines ou, à Dieu ne plaise, elles s'éterniseraient un mois entier. Finalement, le Ciel lui-même parut l'inspirer. Il résolut de recourir directement aux services des journaux et, avant qu'il ne fût trop tard, de faire insérer un avis, brossant un portrait circonstancié du personnage, de sorte qu'en l'apercevant, n'importe qui pût aussitôt le lui livrer ou, à tout le moins, lui indiquer où le trouver. Sa décision prise, Kovaliov enjoignit au cocher de le conduire à un bureau d'annonces, sans cesser, tout le long du chemin, de lui bourrer le dos de coups de poing, en répétant : « Plus vite, coquin ! Plus vite, canaille ! — Tout doux, barine ! » répondait l'autre, secouant la tête et fouettant des guides son cheval qui avait le poil aussi long que celui d'un bichon. Le fiacre s'arrêta enfin et Kovaliov, hors d'haleine, fit irruption dans le petit bureau de réception où un fonctionnaire chenu, portant lunettes et vêtu d'un habit usé, se tenait à un bureau ; une plume entre les dents, il comptait des pièces de cuivre qu'il venait d'encaisser.

« Qui prend les annonces, ici ? cria Kovaliov. Vous ? Ah, bonjour !

— Mes respects, répondit le fonctionnaire chenu, levant un instant les yeux pour les reporter aussitôt sur ses piles de monnaie.

— Je souhaite faire insérer...

— Permettez... Je vous prierai de patienter un peu », lança l'employé, traçant de la main droite un chiffre sur une feuille et déplaçant de l'autre deux boules sur un boulier. Un laquais galonné, dont toute l'apparence disait l'appartenance à une grande maison, était debout près du bureau, un papier à la main ; il jugea de bon ton de faire montre d'urbanité : « Le croirez-vous, Monsieur, un petit chien de rien du tout, qui ne vaut pas quatre-vingts kopecks ! Quant à moi, je n'en donnerais pas trois sous mais la comtesse, mon Dieu ! en est si entichée que voilà cent roubles pour qui le retrouvera ! À parler en toute bienséance, tenez, comme vous et moi, il est bien vrai que tous les goûts sont dans la nature ! Et, si l'on se pique d'être chasseur, on prend un chien d'arrêt ou un caniche ; cinq cents roubles, un millier, on ne lésine pas, et on a une bête qui vous fait honneur ! »

Le vénérable fonctionnaire écoutait, affichant une mine de circonstance, tout en calculant le nombre de lettres du billet qu'on lui tendait. Le bureau était envahi de vieilles femmes, de commis et de concierges ; tous tenaient des bouts de papiers. L'un proposait les services d'un cocher, sobriété assurée ; un autre, une calèche presque neuve, ramenée de Paris en 1814 ; ici, on cédait une serve de dix-neuf ans, rompue au métier de blanchisseuse mais également apte à d'autres travaux ; là, un solide cabriolet auquel il ne manquait qu'un ressort, un jeune cheval fougueux, gris pommelé, de dix-sept ans d'âge, des graines de navets et de radis toutes neuves, rapportées de Londres, une maison de campagne et ses dépendances, soit deux stalles pour chevaux et un emplacement où l'on pouvait planter une magnifique boulaie ou une sapinière ; ailleurs, on avisait les amateurs de vieilles semelles qu'ils devaient se présenter au second tour d'enchères, tous les jours entre huit heures du matin et trois heures de l'après-midi. La pièce où avait pris place toute cette société était exiguë et l'atmosphère en était fort lourde ; cependant, l'assesseur de collège Kovaliov ne pouvait en respirer l'odeur puisqu'il avait le visage masqué d'un mouchoir et que son nez lui-même se trouvait Dieu savait où.

« Monsieur, permettez que je vous demande... C'est très urgent, lança-t-il, impatienté.

— Tout de suite, tout de suite ! Deux roubles quarante-trois kopecks ! Un petit instant ! Un rouble soixante-quatre ! disait l'homme aux cheveux blancs, jetant leurs billets à la figure des vieilles femmes et des concierges. Que désirez-vous ? demanda-t-il enfin, en se tournant vers Kovaliov.

— Je vous prie... commença ce dernier. Il s'agit d'une canaillerie ou d'une friponnerie, je ne parviens pas à le démêler. Je veux simplement annoncer qu'une honnête récompense attend celui qui arrêtera mon coquin.

— Ayez l'obligeance de vous nommer.

— Qu'avez-vous besoin de mon nom ? Je ne peux certes vous le dire. J'ai de nombreuses relations : Madame la conseillère d'État Tchekhtariova, Pelagueïa Grigorievna Podtotchina, épouse d'officier supérieur... Si elles venaient à l'apprendre... Dieu m'en préserve ! Vous n'avez qu'à écrire : un assesseur de collège ou, mieux encore, un fonctionnaire ayant rang de major.

— Et le fugitif était un de vos serfs ?

— Un serf ? Le mal serait assurément moins grand ! Le fugitif est... mon nez...

— Hum ! Que voilà un étrange nom ! Et ce monsieur Monnez vous a pris une forte somme ?

— Mon nez, vous dis-je !... Vous n'y êtes pas du tout. Mon nez, mon propre nez a disparu. Le diable aura voulu me jouer un tour !

— Mais comment aurait-il disparu ? Il y a quelque chose qui m'échappe.

— Je ne peux pas vous dire comment ! Le plus grave est qu'il court présentement la ville en se faisant passer pour conseiller d'État. C'est pourquoi je veux demander que quiconque l'attrapera me l'amène aussitôt, dans les plus brefs délais. Jugez vous-même : comment, en vérité, pourrais-je me passer d'un organe aussi voyant ? C'est qu'il ne s'agit pas d'un petit doigt de pied : là, il me suffirait d'enfiler une botte, et ni vu ni connu ! Je fréquente, le mercredi, chez la conseillère d'État Tchekhtariova ; Pelagueïa Grigorievna Podtotchina, épouse d'officier supérieur, qui a une fille des plus charmantes, est aussi de mes très bonnes relations. Jugez vous-même : comment pourrais-je, à présent... Il m'est désormais interdit de paraître devant elles. »

Le fonctionnaire parut réfléchir, ce que trahirent ses lèvres fortement pincées.

« Non, je ne puis insérer pareille annonce dans les journaux, déclara-t-il enfin, après un long silence.

— Allons donc ! En quel honneur ?

— C'est comme cela. Le journal peut y perdre sa réputation. Si chacun se met, maintenant, à écrire que son nez a pris la fuite... On dit suffisamment que les journaux publient un tas de sornettes.

— Des sornettes ? Je ne vois rien de tel.

— C'est ce que vous croyez. Seulement, la semaine dernière, nous avons eu un cas semblable. Un fonctionnaire s'est présenté, tout comme vous, apportant un billet ; cela faisait deux roubles soixante-treize, juste pour annoncer qu'un caniche noir s'était enfui. Qu'y avait-il là de si extraordinaire ? Or, figurez-vous que c'était un libelle : le caniche n'était autre que le trésorier de je ne sais plus quelle administration.

— Je ne vous parle pas d'un caniche mais de mon propre nez ! Autant dire de moi-même, ou peu s'en faut.

— Non, je ne puis en aucune façon insérer pareille annonce.

— Alors que mon nez a bel et bien disparu ?

— Si tel est le cas, cela regarde le médecin. Il en est, semble-t-il, d'assez habiles pour vous poser tous les nez que vous voudrez. Cela dit, vous me paraissez être de ces joyeux lurons qui aiment à plaisanter en société.

— Je suis parfaitement sérieux, je vous le jure sur ce que j'ai de plus sacré ! D'ailleurs, au point où nous en sommes, je vais vous le montrer.

— Ne vous donnez pas cette peine, poursuivit le fonctionnaire en prisant. Encore que, si ce n'est pas trop de dérangement, ajouta-t-il, mû par la curiosité, je jetterai assez volontiers un coup d'œil. »

L'assesseur de collège découvrit son visage.

« En effet, c'est on ne peut plus étrange ! constata l'employé. L'endroit est absolument lisse, on dirait une crêpe tout juste sortie du poêlon. Oui, c'est incroyablement plat !

— Allez-vous continuer d'ergoter, à présent ? Vous voyez bien que vous ne pouvez refuser cette annonce. Je vous en serai particulièrement reconnaissant et je suis fort heureux que cela me vaille le plaisir de faire votre connaissance... » On le voit, le major, une fois n'est pas coutume, s'était résolu à user de flagornerie.

« Oh, l'insérer, on peut toujours, ça n'est pas le bout du monde ! reprit le fonctionnaire. Seulement, je n'y vois aucun avantage pour vous. Si vous y tenez, adressez-vous plutôt à quelque plume experte, qui sera capable de présenter la chose comme un caprice de la nature et publiera un entrefilet dans *L'Abeille du Nord*[1] (il prisa une nouvelle fois) pour l'édification de la jeunesse (il se frotta le nez) ou, comme cela, pour livrer le fait à la curiosité publique. »

L'assesseur de collège avait perdu tout espoir. Ses yeux tombèrent sur le programme des spectacles, au bas d'une page de journal : déjà, son visage allait s'éclairer d'un sourire au nom d'une charmante actrice, déjà, sa main se portait à sa poche, en quête d'un assignat bleu, car il était d'avis que les officiers supérieurs se devaient de prendre des fauteuils d'orchestre. Mais la pensée du nez vint tout gâcher !

Le fonctionnaire lui-même parut touché par la délicate situation de Kovaliov. Désireux d'en atténuer un peu la rigueur, il jugea bon d'exprimer sa sympathie en quelques mots : « Vous me voyez navré, ma foi, de cette histoire qui vous arrive. Vous plairait-il de priser ? Cela calme les maux de tête et chasse les idées noires ; et puis,

---

1. Un des journaux les plus connus à l'époque, soutenu par les autorités. Son directeur, Boulgarine, passait pour être en relations avec la police secrète.

c'est souverain pour les hémorroïdes. » Ce disant, le fonctionnaire présenta à Kovaliov sa tabatière dont il fit assez habilement passer par-dessous le couvercle qu'ornait le portrait d'une dame à petit chapeau.

Ce geste inconsidéré mit Kovaliov hors de lui. « Je ne comprends pas que vous trouviez là matière à plaisanter, lança-t-il, furibond. Ne voyez-vous point qu'il me manque, précisément, ce qu'il me faudrait pour priser ? Au diable votre tabac ! Je ne peux plus le voir ! Et je ne parle pas seulement de votre immonde tabac de la Berezina... M'eussiez-vous proposé le meilleur des râpés... » Sur ce, il quitta les lieux, au comble du dépit, et s'en fut trouver le commissaire d'arrondissement, un amateur de sucre comme il en est peu. Tout son vestibule, qui faisait également office de salle à manger, était tapissé de pains de sucre, aimables présents de marchands. La cuisinière était en train de lui retirer ses bottes d'uniforme ; son épée et tous ses impedimenta étaient déjà paisiblement accrochés aux quatre coins de la pièce, son fils de trois ans tripotait son redoutable tricorne, tandis que lui s'apprêtait, après tout le temps passé à guerroyer et croiser le fer, à goûter les joies de la paix.

Kovaliov entra alors qu'il s'étirait et bâillait en disant : « Ah, je vais m'offrir une bonne petite sieste de deux heures ! » L'on voit donc que l'arrivée de l'assesseur de collège était parfaitement inopportune, et même si ce dernier lui eût apporté quelques livres de thé ou de drap, je ne suis pas certain qu'il l'eût reçu tellement plus cordialement. Le commissaire était un grand protecteur des arts et manufactures. Toutefois, il n'était rien de plus beau pour lui qu'un assignat de la banque d'État.

« Ça, c'est quelque chose ! avait-il coutume de dire. Il n'y a pas mieux : ça ne demande pas à manger et ça tombe sans se casser. »

Le commissaire accueillit Kovaliov assez sèchement, lui déclarant que le moment n'était guère approprié, après le déjeuner, pour mener l'enquête, que la nature elle-même prescrivait de prendre quelque repos, une fois qu'on était rassasié (l'assesseur de collège put ainsi constater que notre commissaire n'était pas sans connaître les maximes des Anciens), qu'en outre, un homme comme il faut ne se laissait point arracher le nez et qu'il ne manquait pas, ici-bas, de majors au linge douteux, traînant dans les lieux les moins fréquentables.

Bref, il mit dans le mille ! Il nous faut dire que Kovaliov était homme à prendre facilement la mouche. Il pouvait tout excuser concernant sa personne mais ne pardonnait rien qui se rapportât à son titre ou son grade. À l'en croire, si l'on pouvait tout tolérer, dans les pièces de théâtre, à l'endroit des subalternes, on ne devait laisser passer aucune attaque contre les officiers supérieurs. L'accueil du commissaire le déconcerta si bien qu'il secoua la tête et dit avec dignité, écartant légèrement les bras : « J'avoue qu'après des remarques aussi blessantes de votre part, je n'ai plus rien à ajouter... » Et il sortit.

Quand il rentra chez lui, ses jambes ne le portaient plus. Le soir tombait. Après tant de vaines démarches, son logement lui parut sinistre, voire affreusement repoussant. En entrant dans le vestibule, il trouva, sur le canapé de cuir maculé, son laquais Ivan, couché sur le dos et s'exerçant avec assez de bonheur à cracher en un même endroit du plafond. Pareille indifférence acheva de le mettre en rage ; il lui donna un coup de chapeau sur le front, en disant : « Espèce de porc ! Toujours à faire des âneries ! »

Ivan bondit sur ses pieds et se mit aussitôt en devoir de lui retirer son manteau.

Le major gagna ses appartements. Triste et las, il se laissa choir dans un fauteuil et, après quelques soupirs, s'écria :

« Mon Dieu ! Mon Dieu ! En quoi ai-je mérité un tel malheur ? Si encore il me manquait un bras ou une jambe... N'importe quoi, plutôt que cela ! Ne plus avoir d'oreilles serait odieux, et cependant plus supportable.

Sans nez, un homme devient le diable sait quoi : un drôle d'oiseau, un drôle de citoyen ! Tout juste bon à jeter par la fenêtre ! Si encore on me l'eût coupé à la guerre ou en duel, ou que j'en fusse moi-même la cause ! Là, il a disparu sans rime ni raison, comme ça, pour rien !... Pourtant non, cela ne se peut, ajouta-t-il, après un instant de réflexion. Il est inconcevable qu'un nez disparaisse ! Ou je suis en plein cauchemar, ou me voilà le jouet de mon imagination. Peut-être, en place d'eau, ai-je bu de cette vodka dont je me frictionne après m'être rasé. Cet idiot d'Ivan aura oublié de l'emporter et je l'aurai avalée. » Pour s'assurer vraiment qu'il n'était pas ivre, le major se pinça si violemment qu'il ne put retenir un cri. La douleur acheva de le persuader qu'il ne rêvait pas. Il s'approcha en catimini du miroir et commença par plisser les yeux, avec l'idée qu'aussi bien, le nez serait à sa place. Il fit aussitôt un bond en arrière, en s'exclamant : « Une tête pour un libelle ! »

C'était en effet incompréhensible. Passe encore que l'on perdît un bouton, une cuiller en argent, une montre ou quoi que ce fût du même genre... Mais son nez ! Alors qu'on était tranquillement chez soi !... Envisageant toutes les hypothèses, le major Kovaliov en vint à serrer, sans doute, la vérité au plus près : tout était la faute de la Podtotchina, l'épouse d'officier supérieur, qui souhaitait lui donner sa fille en mariage. Lui-même aimait assez faire un brin de cour à la demoiselle, tout en se gardant de conclure. Et quand la mère avait déclaré tout à trac qu'elle le voulait comme gendre, il avait discrètement pris la tangente avec ses compliments, arguant qu'il était encore jeune, qu'il lui fallait encore quelque cinq petites années de service pour atteindre quarante-deux ans tout rond. Aussi l'épouse d'officier supérieur, vraisemblablement par désir de vengeance, avait-elle résolu de lui gâter le portrait, s'assurant pour ce faire le concours de jeteuses de sorts, car rien ne laissait supposer que le nez eût été coupé : nul n'était entré dans sa chambre, quant au barbier Ivan Iakovlevitch, il l'avait encore vu le mercredi précédent et, toute cette journée-là, de même que le jeudi, son nez était absolument intact, il se le rappelait positivement. En outre, il n'eût pas manqué de ressentir une douleur, la plaie n'eût pu cicatriser aussi vite et devenir lisse comme une crêpe. Il échafaudait des plans dans sa tête : devait-il traîner, en bonne et due forme, l'épouse d'officier supérieur devant le tribunal ou se rendre personnellement chez elle afin de la confondre ? Le cours de ses réflexions fut interrompu par une lumière qui, filtrant à toutes les fentes des portes, indiquait qu'Ivan avait allumé la chandelle dans le vestibule. Le même Ivan ne tarda pas à apparaître, tenant le bougeoir devant lui et illuminant littéralement la pièce. Le premier mouvement de Kovaliov fut de saisir son mouchoir pour dissimuler l'endroit où, la veille encore, était son nez, afin que ce bourricot de laquais ne se mît point à le zyeuter, en découvrant chez son barine un si étrange phénomène.

Ivan n'eut pas le temps de regagner sa niche qu'on entendit dans l'entrée une voix inconnue demander : « Est-ce bien ici que réside l'assesseur de collège Kovaliov ?

— Entrez. Le major est chez lui », intervint l'intéressé en personne, qui bondit pour ouvrir tout grand la porte.

Un fonctionnaire de police apparut, de belle prestance, doté de favoris ni vraiment blonds ni vraiment bruns et de joues assez rebondies : celui-là même qui, au début de notre récit, se tenait au bout du pont Saint-Isaac.

« N'auriez-vous point, je vous prie, perdu votre nez ?
— Si fait.
— Il a été retrouvé.
— Que dites-vous ? » s'écria le major Kovaliov que la joie privait à présent de langue. Il fixait deux yeux écarquillés sur l'inspecteur de quartier qui se tenait devant lui et dont les lèvres et les joues pleines reflétaient avec

éclat la flamme frémissante de la bougie. « De quelle façon... ?

— Par un étrange hasard : on l'a intercepté quasiment au vol. Il était déjà dans la diligence et s'apprêtait à partir pour Riga, muni d'un passeport depuis longtemps établi au nom d'un fonctionnaire. Étrangement, je l'ai moi-même d'abord pris pour un monsieur. Par bonheur, j'avais mes lunettes et j'ai tout de suite vu que c'était un nez. Figurez-vous que je suis myope et, si vous vous postez devant moi, tout ce que je verrai c'est que vous avez une figure, mais le nez, la barbe, je ne remarquerai rien de tout cela. Ma belle-mère, je veux dire la mère de ma femme, n'y voit goutte, elle non plus. »

Kovaliov était dans tous ses états : « Où est-il ? Où ? Que je coure le chercher !

— Ne prenez pas cette peine. Sachant qu'il vous faisait besoin, je vous l'ai apporté. Curieusement, le grand responsable de l'affaire est un gredin de barbier, sis rue de l'Ascension, qui a été coffré. Il y a beau temps que je le soupçonnais de vol et d'ivrognerie, et, avant-hier, il a chipé dans une boutique une douzaine de boutons. Votre nez, quant à lui, se porte bien. » À ces mots, l'inspecteur fouilla dans sa poche et en retira le nez enveloppé dans du papier.

« C'est lui, je le reconnais ! s'écria Kovaliov. Vous consentirez peut-être à prendre une tasse de thé avec moi ?

— C'eût été avec plaisir mais je ne le puis : en sortant d'ici, je dois encore passer à la maison d'arrêt... La vie est devenue si chère, surtout les provisions de bouche... C'est que je subviens à l'entretien de ma belle-mère, je veux dire la mère de ma femme, et de mes enfants ; je fonde de grands espoirs sur l'aîné : un enfant très intelligent mais je n'ai pas les moyens de lui donner de l'instruction. »

Saisissant l'allusion, Kovaliov prit sur la table un assignat rouge, le fourra dans la main de l'inspecteur qui, claquant des talons, passa la porte. L'instant d'après ou presque, Kovaliov entendait sa voix dans la rue où il exhortait de la langue et du poing un stupide moujik qui encombrait tout le boulevard de sa charrette.

Après le départ de l'inspecteur, l'assesseur de collège demeura dans un état indéfinissable et il fallut un peu de temps pour que lui revînt plus ou moins la faculté de voir et de sentir, tant ce bonheur inattendu l'avait plongé dans l'hébétude. Il prit précautionneusement le nez dans ses deux mains réunies et l'examina une nouvelle fois avec la plus grande attention.

« C'est lui, c'est bien lui ! ne cessait de répéter le major Kovaliov. Là, sur la gauche, il y a même le bouton apparu hier soir. » Tout heureux, le major faillit éclater de rire.

Mais rien ne dure en ce monde. Ainsi la joie perd-elle de son intensité à la minute suivante ; un instant de plus, elle s'affaiblit encore pour se fondre finalement à l'état ordinaire de l'âme, de même que le rond formé par la chute d'une pierre à la surface de l'onde, finit par se fondre au miroir de l'eau. Kovaliov se perdit dans ses réflexions et comprit qu'il n'était pas au bout de ses peines : si le nez était retrouvé, encore fallait-il le fixer, le remettre à sa place.

« Et s'il ne tenait pas ? »

À cette question posée *in petto*, le major blêmit.

Pris d'un inconcevable effroi, il se précipita vers la table, approcha la glace afin de ne pas risquer de le mettre de travers. Ses mains tremblaient. Prudemment, avec mille précautions, il le posa à son ancien emplacement. Horreur ! le nez ne collait pas !... Il le porta à sa bouche, le réchauffa légèrement de son souffle et l'approcha à nouveau de l'espace lisse entre ses deux joues ; mais le nez refusait positivement de tenir.

« Allons, vas-tu t'accrocher, imbécile ? » lui disait-il. Or le nez semblait de bois et retombait sur la table avec un bruit de bouchon. Le visage du major se tordait convulsivement. « Se peut-il qu'il ne tienne plus jamais ? »

répétait-il, empli de terreur. Il eut beau, cependant, le remettre plusieurs fois en place, tous ses efforts demeurèrent vains.

Il appela Ivan et l'envoya chercher le docteur qui occupait dans la maison le plus bel appartement de l'étage noble. C'était un homme imposant, doté de magnifiques favoris, noirs comme la poix, d'une épouse toute fraîche et pleine de santé ; il déjeunait, au réveil, de pommes crues et maintenait sa bouche dans un phénoménal état de propreté, la rinçant chaque matin pendant près de trois quarts d'heure et se polissant les dents à l'aide de cinq brosses différentes. Il fut instantanément là. Il demanda à quand remontait le malheur, puis releva la tête du major en le tenant par le menton, lui administrant du pouce, à l'endroit où se trouvait auparavant le nez, une si violente chiquenaude que Kovaliov fut projeté en arrière et alla donner de la nuque contre le mur. L'homme de l'art ne vit là qu'un léger désagrément et, conseillant à son patient de s'écarter un peu du mur, lui enjoignit de pencher la tête, d'abord à droite : il tâta l'emplacement du nez et fit : « Hum ! », ensuite à gauche : il refit « Hum ! » et conclut d'une nouvelle chiquenaude, de sorte que Kovaliov eut un brusque mouvement du chef, tel un cheval auquel on regarde les dents. Cet examen achevé, le médecin branla du bonnet et déclara : « Non, impossible. Mieux vaut s'en tenir là, on risque de faire encore pis. Certes, on pourrait vous l'accrocher et je m'y emploierais volontiers maintenant, mais je vous assure que vous vous en trouveriez plus mal.

— Elle est bonne, celle-là ! Comment ferais-je sans nez ? s'écria Kovaliov. En quoi cela pourrait-il être pire ? Le diable sait à quoi cela rime ! Où me montrerais-je, avec cette face de libelle ? C'est que j'ai des relations. Tenez, aujourd'hui même, j'ai deux soirées. Je connais du monde : la conseillère d'État Tchekhtariova, Madame Podtotchina, épouse d'officier supérieur... encore qu'après ses agissements des derniers temps, je n'aurai plus affaire à elle que par le truchement de la police. Faites-moi cette grâce, enchaîna Kovaliov, implorant : n'y a-t-il point d'autre moyen ? Fixez-le de quelque manière. Même pas très bien. L'essentiel est qu'il tienne à peu près. Je peux, à la rigueur, le maintenir légèrement, aux instants délicats. En outre, ne dansant point, je ne pourrai lui nuire par quelque imprudent mouvement. Quant à ma gratitude pour vos visites, soyez assuré que, dans la mesure de mes moyens...

— Le croirez-vous, répliqua le docteur d'une voix ni douce ni forte mais extraordinairement persuasive et, pour tout dire, magnétique, je ne soigne jamais pour l'argent. C'est contre tous mes principes, contre mon art. Certes, je fais payer mes visites mais à seule fin de ne pas opposer au patient un refus blessant. Il va de soi que je pourrais faire tenir votre nez. Cependant, je vous jure sur l'honneur, si ma parole ne suffit pas à vous convaincre, que ce serait bien pis. Laissez agir la nature. Quant à votre nez, je vous conseille de le mettre dans un bocal empli d'alcool ou, mieux encore, d'y verser deux cuillerées à soupe de vodka forte et de vinaigre tiédi. Vous en tirerez alors une somme rondelette. J'en ferai moi-même l'acquisition, si vous n'en demandez pas trop cher.

— Non, non ! Pour rien au monde je ne le vendrai ! s'écria le major, au désespoir. Autant le perdre tout à fait !

— Mille excuses ! répondit le docteur en s'inclinant. Je ne cherchais qu'à vous rendre service... Que voulez-vous ? J'aurai fait de mon mieux. » Sur ce, l'homme de l'art quitta la pièce d'une démarche pleine de noblesse. Kovaliov s'aperçut qu'il n'avait pas même remarqué son visage ; dans son abattement profond, il n'avait vu que ses manchettes d'un blanc de neige, pointant sous son habit noir.

Il résolut, dès le lendemain, avant d'aller porter plainte, d'écrire à l'épouse d'officier supérieur afin de lui proposer un arrangement à l'amiable. La lettre fut rédigée comme suit :

Madame et chère Alexandra Grigorievna,

J'avoue ne pas comprendre votre étrange conduite. Croyez que vous ne gagnerez rien à agir de la sorte et ne me forcerez point à épouser votre fille. Soyez assurée que je suis au fait de toute l'histoire concernant mon nez, je sais de la même façon que vous en êtes, vous et vous seule, la principale instigatrice. Sa brutale disparition, sa fuite et son travestissement, tantôt sous les traits d'un fonctionnaire, tantôt sous son apparence première, ne sont rien d'autre que l'effet de manipulations opérées par vous ou d'autres personnes s'adonnant aux mêmes nobles activités. J'estime, quant à moi, de mon devoir de vous informer que si le nez susdit n'a pas repris dès aujourd'hui sa place, je me verrai contraint d'en appeler à l'aide et à la protection des lois.

Vous assurant de tout mon respect, je n'en demeure pas moins

Votre humble serviteur
Platon Kovaliov.

Monsieur et cher Platon Kouzmitch,

Votre lettre m'a plongée dans la stupeur. Je vous avoue sincèrement que je ne m'y attendais point, et moins encore à d'aussi injustes reproches de votre part. Je m'empresse de vous informer que je n'ai jamais reçu le fonctionnaire en question, ni travesti ni sous sa véritable apparence. Philippe Ivanovitch Potantchikov, il est vrai, a fréquenté chez moi et, bien qu'il eût en effet des vues sur ma fille et fût lui-même un homme de grand savoir, aussi sobre que vertueux, je ne lui ai jamais donné le moindre espoir. Vous me parlez ensuite de nez. Si vous entendez par là que j'eusse tenté de vous mener par le bout du nez, en d'autres termes de vous opposer un refus, je m'étonne que vous me teniez ces propos, car, vous ne l'ignorez pas, j'étais d'un avis radicalement contraire. Et si vous voulez à présent faire votre demande, je suis prête sur l'heure à vous accorder la main de ma fille ; tel fut toujours, en effet, mon vœu le plus cher. Dans cet espoir, je reste votre dévouée

Alexandra Podtotchina.

« Non, se dit Kovaliov, après avoir lu la lettre. Ce n'est pas elle. Impossible ! Ce n'est pas là ce qu'écrirait une criminelle. » Notre assesseur de collège s'y entendait en la matière, ayant dû enquêter à plusieurs reprises, du temps qu'il était au Caucase. « Mais alors, de quelle façon, par quel tour du sort cela a-t-il pu advenir ? Le diable s'y retrouve ! » conclut-il, baissant les bras.

Cependant, la rumeur de cette étrange aventure se propageait par toute la capitale, non sans, comme il se doit, quelques enjolivements. Tous les esprits étaient alors portés sur le surnaturel : peu auparavant, des expériences de magnétisme avaient subjugué la ville et l'histoire des chaises tournantes de la rue des Écuries était encore fraîche dans les mémoires. Rien d'étonnant, donc, à ce que l'on prétendît que, tous les jours, à trois heures précises, le nez de l'assesseur de collège Kovaliov allait en promenade sur la perspective Nevski. Il y eut, chaque jour, affluence de curieux. Quelqu'un affirma que le nez se trouvait chez « Junker » : aussitôt, on se pressa en foule devant le magasin, au point que la police dut intervenir. Un spéculateur de respectable apparence, portant favoris et vendant des gâteaux secs à l'entrée des théâtres, fabriqua tout exprès de très beaux bancs de bois, solides, conviant les amateurs à y prendre place pour la modique somme de quatre-vingts kopecks. Un colonel à la retraite, sorti spécialement plus tôt de chez lui, se fraya à grand-peine un chemin à travers la foule mais, à sa grande indignation, ne vit dans la vitrine, en guise de nez, qu'un ordinaire tricot de laine et une lithographie représentant une jeune fille qui rajustait son bas, cependant qu'un gandin à barbichette, portant un gilet à la diable, l'épiait derrière un arbre. Ce tableau, au demeurant, était là depuis dix ans. Le colonel s'éloigna en déclarant, dépité : « A-t-on idée de semer le trouble par d'aussi sottes et invraisemblables rumeurs ? » Le bruit courut ensuite que ce n'était point sur la perspective Nevski mais au jardin de Tauride que se promenait le nez du major Kovaliov ; et cela ne datait pas d'hier : il y aurait été, déjà, du temps de Khozrev-Mirza[1], lequel se serait fort émerveillé de cette étrange fantaisie de la nature. Des étudiants de l'académie de chirurgie s'y rendirent. Une dame de la haute société adressa tout exprès une demande écrite au gardien du jardin, afin qu'il montrât à ses enfants ce phénomène rare, si possible en assortissant la chose de commentaires édifiants pour la jeunesse.

Tous ces événements comblaient d'aise les mondains, inévitables habitués des raouts, qui faisaient profession de distraire les dames et étaient présentement à bout de ressources. Seul, un petit nombre de personnes honorables et bien-pensantes ne cacha pas, en revanche, son mécontentement. Un monsieur déclara, outré, qu'il ne comprenait pas que l'on pût, en notre siècle éclairé, propager de telles sornettes. Et de s'étonner que le gouvernement ne s'en émût point. Ce monsieur, on le voit, était de ceux qui voudraient que le gouvernement se mêlât de tout, y compris de leurs querelles quotidiennes avec leur femme. Après cela... Mais, de nouveau, toute l'affaire se voile de brume, et quant à ce qui s'ensuivit, nul ne l'a jamais su.

---

1. Dignitaire ottoman, envoyé à Saint-Pétersbourg en 1829 pour présenter des excuses, suite au massacre de l'écrivain Griboïedov dans son pays. Il était logé au palais de Tauride.

III

Notre monde marche décidément sur la tête et semble faire fi de toute vraisemblance. Brusquement, le fameux nez qui courait la ville en uniforme de conseiller d'État et suscitait tant de rumeurs, se retrouva, comme si de rien n'était, à son ancienne place, autrement dit au milieu de la figure du major Kovaliov. Cela eut lieu le 7 avril. À son réveil, Kovaliov jeta par mégarde un coup d'œil dans la glace... et que vit-il ? Son nez ! Aussitôt, de l'empoigner : c'était bien lui ! « O-ho ! » s'exclama-t-il et, de joie, il faillit bien se lancer, pieds nus, dans un trépak endiablé à travers la pièce, mais l'arrivée d'Ivan l'en empêcha. Il lui ordonna de lui apporter sur-le-champ de quoi procéder à sa toilette et, ce faisant, se regarda à nouveau dans la glace : le nez n'avait pas bougé. Nouveau coup d'œil, alors qu'il se séchait à l'aide d'une serviette : toujours là !

« Regarde voir, Ivan, il me semble que j'ai un bouton sur le nez », lança-t-il, en se disant à part lui : « Quel malheur s'il me répond : non, Monsieur, non seulement il n'y a pas de bouton, mais il n'y a même pas de nez ! »

Ivan répliqua cependant : « Rien, Monsieur, pas le moindre bouton, votre nez est sans reproche ! »

« Diable, que cela est bien ! » se dit le major, si heureux qu'il en claqua des doigts. C'est alors que le barbier Ivan Iakovlevitch passa le nez à la porte, aussi craintif, soudain, qu'un chat auquel on vient de donner du martinet parce qu'il a volé du lard.

« D'abord et avant tout : as-tu les mains propres ? lui cria de loin Kovaliov.

— Oui.

— Mensonges !

— Je vous jure qu'elles sont propres, Monsieur.

— Gare ! »

Kovaliov prit un siège. Ivan Iakovlevitch lui mit une serviette autour du cou et, en un clin d'œil, à l'aide de son blaireau, lui transforma toute la barbe et une partie de la joue en une de ces crèmes que l'on sert aux marchands pour leur fête. « Voyez-moi ça ! » se dit Ivan Iakovlevitch, en jetant un coup d'œil au nez. Puis, penchant la tête de l'autre côté, il l'examina de biais : « Ça alors ! Vrai, quand on y pense... » poursuivit-il et il le contempla longuement. Enfin, avec toute la légèreté et la délicatesse possibles, il leva deux doigts pour en saisir le bout. Telle était en effet la méthode d'Ivan Iakovlevitch.

« Holà, holà ! prends garde ! » cria Kovaliov. Le barbier en laissa retomber son bras et se figea, troublé comme jamais. Pour finir, il chatouilla prudemment le menton du major de son rasoir et, bien qu'il fût très malcommode de lui faire la barbe sans prendre appui sur son appendice nasal, il parvint néanmoins, lui enfonçant un pouce rugueux dans la joue et dans la gencive inférieure, à surmonter tous les obstacles.

Ainsi rafraîchi, Kovaliov se hâta de se vêtir. Il prit un fiacre et se rendit aussitôt au salon de thé. Dès l'entrée, il lança à la cantonade : « Garçon ! Une tasse de chocolat ! », en se regardant dans la glace : le nez était bien là. Il se retourna gaiement et observa, sarcastique, en plissant légèrement les yeux, deux militaires dont l'un avait le nez de la taille d'un bouton de gilet. Après quoi, il gagna la chancellerie du ministère où il briguait un poste de vice-gouverneur ou, à défaut, de responsable du personnel. Traversant l'antichambre, il jeta un coup d'œil dans le miroir : le nez n'avait pas bougé. Puis il rendit visite à un autre assesseur de collège ou, si l'on veut, un autre major, grand farceur devant l'Éternel, auquel il répétait souvent, en réponse à ses piques : « Je te connais, va, aiguillon ! » Chemin faisant, il songea : « Si le major ne s'écroule pas non plus de rire en me voyant, ce sera le signe tangible que j'ai tout bien en place. » Or l'assesseur de collège ne broncha pas. « Diable, voilà qui est bien ! » se dit Kovaliov. Plus tard, il croisa Madame Podtotchina, épouse d'officier supérieur, en compagnie de sa fille. Il les salua et fut accueilli avec force exclamations joyeuses ; c'est donc que tout allait à la perfection, sa personne n'avait subi aucun dommage. Il devisa longuement avec elles, tirant exprès sa tabatière, se bourrant lentement le nez par les deux trous, en se répétant *in petto* : « Alors, poulettes, ça vous en bouche un coin ? Il n'empêche que je n'épouserai pas la petite. Ou alors de la main gauche, *par amour*[1] ! » À compter de ce jour, le major Kovaliov se montra, comme si de rien n'était, sur la perspective Nevski, au théâtre, partout. Son nez, également comme si de rien n'était, se tenait tranquille sur sa figure, et rien ne trahissait qu'il fût enclin à prendre la tangente. Dès lors, on vit le major Kovaliov perpétuellement de bonne humeur, souriant et poursuivant de ses assiduités résolument toutes les dames un peu charmantes. Une fois, même, il s'arrêta devant une boutique des Galeries marchandes pour faire l'acquisition d'un ruban ; on se demande bien pourquoi, puisqu'il n'était chevalier d'aucun ordre.

Voici donc l'histoire survenue dans la capitale septentrionale de notre vaste empire ! À repasser toute l'affaire, l'on y décèle à présent nombre d'invraisemblances. Sans même parler de cette défection d'un nez et de son apparition en divers lieux, sous forme de conseiller d'État, comment expliquer que Kovaliov n'eût pas saisi que l'on ne pouvait insérer dans les journaux une annonce sur le sujet ? Je ne veux pas dire par là que cela m'eût paru cher. Balivernes, je ne fais pas partie des avaricieux ! Non, la raison en est que c'est tout bonnement inconvenant et gênant. Cela ne se fait pas. Et puis, comment le nez s'était-il retrouvé dans un pain cuit et comment Ivan Iakovlevitch lui-même... ? Non, décidément je n'y comprends goutte ! Mais le plus étrange de tout, le plus incompréhensible, est que des auteurs puissent choisir

---

1. En français dans le texte *(NdT)*.

de tels sujets. Je le confesse, c'est parfaitement inconcevable, c'est vraiment... Non et non, cela dépasse mon entendement ! Pour commencer, ce n'est d'aucun profit pour la patrie, et ensuite... ensuite, ce n'est d'aucun profit non plus. Vraiment, cela n'a pas le sens commun...

Et pourtant, malgré tout, bien que l'on puisse, naturellement, admettre ceci, cela et autre chose encore, il peut se faire que... Allons donc, les incongruités manquent-elles ici-bas ? En fin de compte, si l'on y réfléchit, eh bien... il y a là quelque chose... On dira ce que l'on voudra, ces choses-là arrivent. Rarement, mais elles arrivent.

Table

Le manteau 5

Le nez 45

Librio

691

Composition PCA - 44400 Rezé
Achevé d'imprimer en France par Aubin
en octobre 2008 pour le compte de E.J.L.
87, quai Panhard-et-Levassor, 75013 Paris
1ᵉʳ dépôt légal dans la collection : mars 2005
EAN 9782290344491

Diffusion France et étranger : Flammarion